Espantada pelos enormes gritos
do homem, emergeu a
uma fria; Tomar Pleno
consciência do que seria
doloroso de uma leitura
até agora da língua
que lia o que nascem

[EDIÇÃO COM MANUSCRITOS
E ENSAIOS INÉDITOS]

Clarice Lispector

A bela e a fera

ORGANIZAÇÃO E PREFÁCIO DE
PEDRO KARP VASQUEZ

Copyright © 2019 *by* Paulo Gurgel Valente

Concepção visual e projeto gráfico de Izabel Barreto, executados por Jorge Paes

Organização e prefácio: Pedro Karp Vasquez

Direitos desta edição reservados à
EDITORA ROCCO LTDA.
Rua Evaristo da Veiga, 65 – 11º andar
Passeio Corporate – Torre 1
20031-040 – Rio de Janeiro – RJ
Tel.: (21) 3525-2000 – Fax: (21) 3525-2001
rocco@rocco.com.br
www.rocco.com.br

Printed in Brazil/Impresso no Brasil

Preparação de originais
Pedro Karp Vasquez

CIP-BRASIL. CATALOGAÇÃO NA PUBLICAÇÃO
SINDICATO NACIONAL DOS EDITORES DE LIVROS, RJ

L753b

    Lispector, Clarice, 1920-1977
       A bela e a fera / Clarice Lispector ; organização e prefácio Pedro Karp Vasquez. - 1. ed. - Rio de Janeiro : Rocco, 2024.

       "Edição com manuscritos e ensaios inéditos"
       ISBN 978-65-5532-445-7
       ISBN 978-65-5595-268-1 (recurso eletrônico)

       1. Ficção brasileira. I. Vasquez, Pedro Karp. II. Título.

	CDD: 869.3
24-91514	CDU: 82-3(81)

Meri Gleice Rodrigues de Souza - Bibliotecária - CRB-7/6439

Sumário

[INTRODUÇÃO]   9
Perto da beleza selvagem
Pedro Karp Vasquez

[*A BELA E A FERA*]   15
O livro

  PRIMEIRA PARTE
    História interrompida   19
    Gertrudes pede um conselho   25
    Obsessão   36
    O delírio   68
    A fuga   76
    Mais dois bêbedos   81

  SEGUNDA PARTE
    Um dia a menos   91
    A bela e a fera ou A ferida grande demais   100

[BELEZA SELVAGEM]   111
Manuscritos originais, com anotações de Clarice Lispector

[BELEZA REFLETIDA]   129
Cinco ensaios inéditos

Eros e Tânatos no reino desencantado   131
Yudith Rosenbaum

Retratos artísticos da hora perdida   149
Claudia Nina

A ferida grande demais   157
José Castello

A busca que devora: reflexões sobre dois contos de Clarice Lispector   163
Faustino Teixeira

Clarice, desconcertante e parceira   175
Bernardo Ajzenberg

A mola do mundo
é dinheiro? fez-se
ela a pergunta
mas ~~isso~~ quis pensar
que não era, ~~sentiu-se~~
~~foi~~ ~~rica~~ ~~não~~ foi rica
que teve um
mal-estar.

Perto da beleza selvagem

Pedro Karp Vasquez

A bela e a fera é o quarto volume da coleção especial com os manuscritos de Clarice Lispector, integrada por três outras obras: *Perto do coração selvagem, Água viva* e *A hora da estrela.* Seguindo a estrutura dos livros anteriores, encontramos aqui cinco ensaios inéditos de renomados estudiosos da obra da autora. São textos muito diversos entre si, que formam uma espécie de pentagrama iniciático evocativo da estrela de cinco pontas que iluminou a trajetória de vida de Clarice. Da mesma forma, estes ensaios irão iluminar *A bela e a fera*, seleta de contos invulgar que reúne o início e o fim de sua trajetória literária.

No caso de *A bela e a fera*, os seis primeiros contos estavam datilografados pela autora antes de sua estreia como romancista, presumindo-se que fez modificações e correções ao longo da escrita, antes da versão final, como se fossem para entregar à editora; já nos dois últimos contos houve a transcrição dos manuscritos somente, a autora não chegou a fazer modificações ou revisões, ou conferir a prova gráfica que, pela comparação como outras publicações de sua autoria certamente seriam feitas.

A nota que abre o volume deixa isso bem claro, revelando que a iniciativa de reunir em livro os seis primeiros contos ("História interrompida"; "Gertrudes pede um conselho"; "Obsessão"; "O delírio"; "A fuga" e "Mais dois bêbedos") foi da própria Clarice, desejosa de resgatar esses trabalhos de juventude que precederam a publicação de seu primeiro romance, *Perto do coração selvagem*. Para os amantes das curiosidades que podem ser significativas, mas que também podem não significar nada, vale indicar que Clarice cometeu um erro nesta nota ao datar seu livro inaugural de 1944. Isso porque, em verdade, este foi publicado em dezembro de 1943, fechando o ano mais marcante de sua juventude, no qual, além de iniciar a carreira literária, concluiu o curso de Direito na Universidade do Brasil (atual Universidade Federal do Rio de Janeiro) e se casou com um colega de turma, Maury Gurgel Valente, que assim como ela não chegou a exercer a advocacia, preterindo-a pela carreira diplomática.

```
meu túmulo quando morresse. E embebedava-me não puramente,
mas com um objetivo. não pensar. Eu era alguem.
      Mas aquele homem que jamais sairia de seu estreito
círculo, nem bastante feio, nem bastante bonito, o queixo
sorrateosamente fugitivo, tão importante como um cão profundo que
pretendia com seu arrogante silêncio? Não o interrogara vá-
rias vezes? Decididamente ele me ofendia. A mais um instan-
te, não suportaria sua insolência, fazendo-lhe vêr que deve-
ria agradecer minha aproximação, porque do contrário nunca
eu saberia de sua existencia. No entanto ele persistia em
seu mutismo, sem sequer emocionar-se com a oportunidade de vi-
ver.
```

Partindo da premissa de que os dados biográficos dos ensaístas convidados são de amplo acesso e conhecimento público, em virtude do renome de todos eles, mencionarei aqui apenas seus pontos de conexão com a obra clariceana.

Yudith Rosenbaum, autora do ensaio "Eros e Tânatos no reino desencantado", é graduada em Psicologia pela Pontifícia Universidade Católica de São Paulo e mestra e doutora em Letras pela Universidade de São Paulo, na qual leciona na área de literatura brasileira. Trabalhou como psicóloga educacional durante quinze anos e atendeu em clínica psicanalítica por dez anos, antes de passar a se dedicar exclusivamente às atividades docentes. Publicou dois livros sobre Clarice: *Metamorfoses do mal: uma leitura de Clarice Lispector* (Edusp/FAPESP, 1999) e *Clarice Lispector* (Publifolha, 2002).

Naquela noite eu já ~~derramara várias garrafas de força pela minha alma~~. Andava de bar em bar, ~~em magnífica jornada~~. ~~E depois, surpreendentemente~~ feliz, temi ultrapassar-me; Estava por demais ajustado em mim mesmo. Procurei um meio de me derramar um pouco, antes que transbordasse inteiramente.

Liguei o telefone e esperei, mal respirando de impaciência:

— Alô, Ema!
— Oh, ~~querido~~, a essa hora!
— ~~Só~~ telefonei para lhe dizer que depois de beijá-la e antes de novamente beijá-la é o momento mais lindo do mundo. É claro que eu gosto de você, nem é preciso perguntar. Adeus. Até amanhã.

Claudia Nina, autora do ensaio "Retratos artísticos da hora perdida", é jornalista, cronista, crítica e romancista (com obras que contemplam todo o espectro de leitores: infantis, juvenis e adultos). É doutora em Letras pela Universidade de Utrecht (Holanda) com uma tese sobre Clarice Lispector, posteriormente publicada aqui no Brasil pela Pontifícia Universidade Católica do Rio Grande do Sul sob o título de *A palavra usurpada: exílio e nomadismo na obra de Clarice Lispector* (EDIPUC, 2003).

Faustino Teixeira, autor do ensaio "A busca que devora: reflexões sobre dois contos de Clarice Lispector", graduou-se em Filosofia e Ciências da Religião pela Universidade Federal de Juiz de Fora, onde implantou o Programa de Pós-graduação em Ciência da Religião, do qual foi coordenador durante dez anos. É doutor e pós-doutor em Teologia pela Pontifícia Universidade Gregoriana de Roma. Além de ser autor de diversos livros nas áreas de religião, sociologia e literatura, promoveu, junto com o Instituto Humanitas Unisinos (São Leopoldo, RS), uma série de cursos livres on-line sobre a obra de Clarice, divididos em três recortes específicos: "Romances", "Todos os contos" e "Todas as crônicas".

bastava olhar demoradamente para dentro dágua e pensar que aquele mundo não tinha fim. Experimentava um gosto exquisito, como se os tivesse se afogando e nunca encontrasse o fundo do mar com os pés. Era uma angústia pesada. Mas porque a procurava então? Joel faria em psicanálise, seu marido diria que as mulheres são assim e a beijaria na testa. Mas ela dava graças a Deus por não possuir o "espírito científico" e poder pensar com serenidade: as coisas não se explicam, são apenas. Essa reflexão repousava.

Porém a história de não encontrar o fundo do mar era antiga, vinha desde pequena. No capítulo da força da gravidade, na escola

José Castello, autor do ensaio "A ferida grande demais", é formado em Jornalismo e Teoria da Comunicação pela Universidade Federal do Rio de Janeiro, tendo trabalhado ou colaborado com os principais veículos de comunicação do país, como *O Globo*, *Folha de S.Paulo*, *O Estado de S. Paulo*, *Veja* e *IstoÉ*. Porém, merece menção especial sua atuação como editor dos cadernos literários do *Jornal do Brasil*, Ideias/Livros e Ideias Ensaios. Apesar de ter acalentado desde a década de 1980 o projeto de escrever uma biografia de Clarice, acabou estreando no ramo biográfico com *Vinicius de Moraes: o poeta da paixão* (Companhia das Letras, 1994), ganhador do Prêmio Jabuti da categoria.

Bernardo Ajzenberg é aqui representado não por um ensaio e sim por um depoimento confessional, "Clarice, desconcertante e parceira", no qual evoca o impacto e a influência que a obra da autora teve em sua própria carreira literária, consagrada com o Prêmio da Academia Brasileira de Letras de 2005 pela seleta de contos *Homens com mulheres* e com o prestigioso Prêmio Casa de las Américas de romance, em 2015, por *Minha vida sem banho* (ambos publicados pela Editora Rocco). Formado em Jornalismo pela Faculdade de Comunicação Cásper Líbero, ele colaborou com diversas publicações alternativas de oposição ao regime militar desde os tempos de estudante. Depois, exerceu várias funções no jornal *Folha de S.Paulo*, do qual foi ombudsman e diretor de conteúdo da *Folha Online*, além de diretor da Agência Folha.

Com esses cinco textos, todos brilhantes sob prismas diversos, a coleção especial manuscritos de Clarice Lispector dá prosseguimento à sua dupla proposta: divulgar seus manuscritos e datiloscritos e transmitir conhecimento a respeito da sua obra singular, hoje já mundialmente aclamada.

A bela e a fera: o livro

PRIMEIRA PARTE

HISTÓRIA INTERROMPIDA

Ele era triste e alto. Jamais falava comigo que não desse a entender que seu maior defeito consistia na sua tendência para a destruição. E por isso, dizia, alisando os cabelos negros como quem alisa o pelo macio e quente de um gatinho, por isso é que sua vida se resumia num monte de cacos: uns brilhantes, outros baços, uns alegres, outros como um "pedaço de hora perdida", sem significação, uns vermelhos e completos, outros brancos, mas já espedaçados.

Eu, na verdade, não sabia o que retrucar e lamentava não ter um gesto de reserva, como o seu, de alisar o cabelo, para sair da confusão. No entanto, para quem leu um pouco e pensou bastante nas noites de insônia, é relativamente fácil dizer qualquer coisa que pareça profunda. Eu lhe respondia que mesmo destruindo ele construía: pelo menos esse monte de cacos para onde olhar e de que falar. Perfeitamente absurdo. Ele, sem dúvida, também o achava, porque não respondia. Ficava muito triste, a olhar para o chão e a alisar seu gatinho morno.

Assim se passavam as horas. Às vezes eu mandava buscar uma xícara de café, que ele bebia com muito açúcar e gulosamente. E eu pensava um pensamento muito engraçado: é que se achasse que andava a destruir tudo, não teria tanto gosto em beber café e não pediria mais. Uma leve suspeita de que W... era um artista vinha-me à mente. Para desculpá-lo, respondia-me: destrói-se tudo em torno de si, mas a si próprio e aos desejos (nós temos um corpo) não se consegue destruir. Pura desculpa.

Num dia de verão abri a janela de par em par. Pareceu-me que o jardim entrara na sala. Eu tinha vinte e dois anos e sentia a natureza em todas as fibras. Aquele dia estava lindo. Um sol mansinho, como se nascesse naquele instante, cobria as flores e a relva. Eram quatro horas da tarde. Ao redor, o silêncio.

Voltei-me para dentro, amolecida pela calma daqueles momentos. Queria dizer-lhe:

– Parece-me que essa é a primeira das horas, mas que depois dela mais nenhuma se seguirá.

Mentalmente ouvi-o responder:

– Isso é apenas uma tendência sentimental indefinível, misturada à literatura da moda, muito subjetivista. Daí essa confusão de sentimentos, que não tem verdadeiramente um conteúdo próprio, a não ser o seu estado psicológico, muito comum em moças solteiras de sua idade...

Tentei explicar-lhe, combatê-lo... Nenhum argumento. Voltei-me desolada, olhei seu rosto triste e ficamos calados.

Foi então que pensei aquela coisa terrível: "Ou eu o destruo ou ele me destruirá."

Era preciso evitar a todo o custo que aquela tendência analista, que terminava pela redução do mundo a míseros elementos quantitativos, me atingisse. Precisava reagir. Queria ver se o cinzento de suas palavras conseguia embaçar meus vinte e dois anos e a clara tarde de verão. Decidi-me, disposta a começar no mesmo momento a lutar. Voltei-me para ele, apoiei as mãos no parapeito da janela, entrefechei os olhos e sibilei:

– Essa hora me parece a primeira das horas e também a última!!

Silêncio. Lá fora, a brisa indiferente.

Ele ergueu os olhos para mim, levantou a mão sonolenta e acariciou os cabelos. Depois pôs-se a riscar com a unha os desenhos em xadrez da toalha da mesa.

Fechei os olhos, abandonei os braços ao longo do corpo. Meus lindos e luminosos vinte e dois anos... Mandei vir café e com muito açúcar.

Depois que nos separamos, no fim da estrada, voltei muito devagar para casa, mordendo um capim e chutando todos os seixos brancos do caminho. O sol já se tinha deitado e no céu sem cor já se viam as primeiras estrelas.

Estava com preguiça de chegar em casa: invariavelmente o jantar, o longo serão vazio, um livro, o bordado e, enfim, a cama, o sono. Enveredei pelo atalho mais comprido. A relva crescida era penugenta e quando o vento soprava forte ela me acariciava as pernas.

Mas eu estava inquieta.

Ele era moreno e triste. E sempre andava de escuro. Oh, sem dúvida eu gostava dele. Eu, muito branca e alegre, ao seu lado. Eu, numa roupa florida, cortando rosas, e ele de escuro, não, de branco, lendo um livro. Sim, nós formávamos um belo par. Achei-me fútil, assim, imaginando quadros. Mas justifiquei-me: precisamos contentar a natureza, enfeitá-la. Pois se eu jamais plantaria jasmim junto de girassóis, como ousaria... Bem, bem, o que precisava era de resolver "meu caso".

Durante dois dias pensei sem cessar. Queria achar uma fórmula que mo desse para mim. Queria achar a fórmula que pudesse salvá-lo. Sim, salvá-lo. E essa ideia era-me agradável porque justificaria os meios que empregasse para prendê-lo. Tudo me parecia porém estéril. Ele era um homem difícil, distante, e o pior é que falava francamente de seus pontos fracos: por onde atacá-lo então, se ele se conhecia?

O nascimento de uma ideia é precedido por uma longa gestação, por um processo inconsciente para o gestante. Assim explico a minha falta de apetite no jantar magnífico, minha insônia agitada numa cama de lençóis frescos, após um dia atarefado. Às duas horas da madrugada, enfim, nasceu ela, a ideia.

Sentei-me alvoroçada na cama, pensei: veio depressa demais para ser boa; não se entusiasme; deite-se, feche os olhos e espere que venha a serenidade. Levantei-me porém e, descalça para não acordar Mira, pus-me a andar pelo quarto, como um homem de negócios à espera do resultado da Bolsa. Porém cada vez mais parecia-me que achara a solução.

Com efeito, homens como W... passam a vida à procura da verdade, entram pelos labirintos mais estreitos, ceifam e destroem metade do mundo sob o pretexto de que cortam os erros, mas quando a verdade lhes surge diante dos olhos é sempre inopinadamente. Talvez porque tenham tomado amor à pesquisa, por si mesma, e se tornem como o avarento que acumula, acumula, apenas, esquecido da primitiva finalidade pela qual começou a acumular. O fato é que com W... eu só conseguiria qualquer coisa pondo-o em estado de "shock".

E eis como. Dir-lhe-ia (com o vestido azul que me fazia muito mais loura), a voz suave e firme, fixando-o nos olhos:

– Tenho pensado muito a nosso respeito e resolvi que só nos resta...

Não. Simplesmente.

– Vamos nos casar?

Não, não. Nada de perguntas.

– W..., nós vamos casar.

Sim, eu conhecia os homens. E sobretudo conhecia-o fundamente. Ele não teria o recurso do gesto preferido. E permaneceria estático, atônito. Porque estaria diante da Verdade... Ele gostava de mim e talvez porque só a mim não conseguira destruir com suas análises (eu tinha vinte e dois anos).

Não consegui dormir durante o resto da noite. Estava tão desperta que o ressonar de Mira me enervava, e até a lua, muito redonda, cortada ao meio por um galho de folhas finas, parecia-me defeituosa, com uma inchação do lado e excessivamente artificial. Queria abrir a luz, mas ouvia de antemão as queixas de Mira a mamãe, no dia seguinte.

Levantei-me com a disposição de uma mocinha no dia do seu casamento. Cada ato meu era preparatório, cheio de finalidades, como parte de um ritual. Passei a manhã muito agitada, pensando na decoração do ambiente, na roupa, nas flores, frases e diálogos. Depois disso, como arranjar a voz suave e firme, serena e meiga? A continuar naquela febre, eu correria o risco de receber W... com gritos nervosos: "W... vamos casar imediatamente, imediatamente." Peguei numa folha de papel e enchi-a de alto a baixo: "Eternidade, Vida. Mundo. Deus. Eternidade. Vida. Mundo. Deus. Eternidade..." Essas palavras matavam o sentido de muitos de meus sentimentos e deixavam-me fria por umas semanas, tão minúscula eu me descobria.

Mas na verdade eu não queria ficar fria: desejava viver o momento até esgotá-lo. Precisava apenas conquistar um rosto menos afogueado. Sentei-me para uma longa costura.

A serenidade foi pouco a pouco voltando. E com ela, uma profunda e emocionante certeza de amor. Mas, pensei, não existe mesmo nada, nada, por que eu troque os instantes que vêm! Só duas ou três vezes na vida experimenta-se tal sensação e as palavras esperança, felicidade, saudade, a ela se ligam, descobri. E fechava os olhos e imaginava-o tão vivo que sua presença se tornava quase real: "sentia" suas mãos sobre as minhas e uma ligeira tontura me atordoava. ("Oh, meu Deus, me perdoe, mas a culpa é do verão, a culpa é de ele ser tão bonito e moreno e eu tão loura!")

A ideia de que eu estava sendo feliz me enchia tanto que eu precisava fazer alguma coisa, alguma bondade, para não ficar com remorsos. E se eu desse a golinha de renda a Mira? Sim, o que é uma golinha de renda, embora bonita, diante de... "Eternidade. Vida. Mundo... Amor"?

Mira tem catorze anos e é muito exagerada. Por isso, quando entrou esbaforida no quarto e fechou a porta atrás de si, com grandes gestos, eu disse:

– Beba um copo d'água e depois conta como a gata teve trinta gatinhos e dois cachorrinhos pretos.

– Clarinha disse que ele se matou! Se matou com um tiro na cabeça... É verdade, é? É mentira, não é?

E repentinamente a história se partiu. Nem teve ao menos um fim suave. Terminou com a brusquidão e a falta de lógica de uma bofetada em pleno rosto.

Estou casada e tenho um filho. Não lhe dei o nome de W... E não costumo olhar para trás: tenho em mente ainda o castigo que Deus deu à mulher de Loth. E só escrevi "isso" para ver se conseguia achar uma resposta a perguntas que me torturam, de quando em quando, perturbando minha paz: que sentido teve a passagem de W... pelo mundo? que sentido teve a minha dor? qual o fio que esses fatos a ... "Eternidade. Vida. Mundo. Deus."?

Outubro 1940

GERTRUDES PEDE UM CONSELHO

Sentou-se de modo que seu próprio peso "passasse a ferro" a saia amarrotada. Endireitou os cabelos, a blusa. Agora, só esperar.

Lá fora, tudo muito bom. Podia ver os telhados das casas, as flores vermelhas duma janela, o sol amarelo derramado sobre tudo. Não havia hora melhor que duas da tarde.

Não queria esperar porque ficaria com medo. E assim não daria à doutora a impressão que desejava causar. Não pensar na entrevista, não pensar. Inventar depressa uma história, contar até mil, recordar-se das coisas boas. O pior é que só se lembrava da carta que mandara. "Minha senhora, eu tenho dezessete anos e queria..." Idiota, absolutamente idiota. "Estou cansada de andar de um lado para outro. Às vezes não consigo dormir, mesmo porque minhas irmãs dormem no mesmo quarto e se remexem muito. Mas não consigo dormir porque fico pensando nas coisas. Já resolvi me suicidar, mas não quero mais. A senhora não pode me ajudar? Gertrudes."

E as outras cartas? "Não gosto de nada, sou como os poetas..." Oh, não pensar. Que vergonha! Até que a doutora terminou por lhe escrever, chamando-a para o escritório. Mas, afinal, o que iria dizer? Tudo tão vago. E a doutora riria... Não, não, a doutora, encarregada de menores abandonados, escrevendo conselhos nas revistas, tinha que entender, mesmo sem ela falar.

Hoje ia acontecer alguma coisa! Não pensar 1, 2, 3, 4, 5, 6, 7... Não servia. Era uma vez um rapaz cego que... Cego por quê? Não, ele não era cego. Tinha até a vista muito boa. Agora é que sabia por que Deus, podendo tanto, inventava pessoas aleijadas, cegas, ruins. Só por distração. Enquanto esperava? Não, Deus nunca precisa esperar. Que é que ele faz então? Está aí, mesmo que ainda acreditasse n'Ele (eu não acreditava em Deus, tomava banho bem em cima do almoço, não usava o uniforme do colégio e resolvera fumar), mesmo que ainda acreditasse em fantasmas, não poderia achar graça na eternidade. Se fosse Deus até já teria esquecido de como principiara o mundo. Já há tanto tempo e com séculos à frente... A eternidade não começa, não termina. Sentia uma pequena vertigem, quando procurava imaginá-la, e Deus, sempre em toda a parte, invisível, sem forma definida. Riu, lembrando-se de quando bebia avidamente as histórias que lhe contavam. Tornara-se bem livre... Mas isso não significava estar contente. E era exatamente o que a doutora ia explicar.

De fato, nos últimos tempos, Tuda não passava nada bem. Ora sentia uma inquietação sem nome, ora uma calma exagerada e repentina. Tinha frequentemente vontade de chorar, e o que em geral se reduzia à vontade apenas, como se a crise se completasse no desejo. Uns dias, cheia de tédio, enervada e triste. Outros, lânguida como uma gata, embriagando-se com os menores acontecimentos. Uma folha caindo, um grito de criança, e pensava: mais um momento e não suportarei tanta felicidade. E realmente não a suportava, embora não soubesse propriamente em que consistia essa felicidade. Caía num choro abafado, aliviando-se, com a impressão confusa de que se entregava, a não sei quem e não sei de que forma.

Às lágrimas sucedia-se, acompanhando os olhos inchados, um estado de suave convalescença, de aquiescência a tudo. Surpreendia a todos com sua doçura e transparência e, ainda mais, forçava uma leveza de passarinho. Dava esmolas a todos os pobres, com a graça de quem joga flores.

De outras vezes, enchia-se de força. Seu olhar tornava-se duro como aço, áspero como espinhos. Sentia que "podia". Fora feita para "libertar".

"Libertar" era uma palavra imensa, cheia de mistérios e dores. Como fora amena há dias, quando se destinava a outro papel? Outro, qual?

Tudo era confuso e só se exprimia bem na palavra "liberdade" e nos passos pesados e firmes, no rosto fechado que adotava. À noite não dormia até que os galos longínquos começassem a cantar. Não pensava, propriamente. Sonhava acordada. Imaginava um futuro em que, audaciosa e fria, conduziria uma multidão de homens e mulheres, cheios de fé quase a adorá-la. Depois, pelo meio da noite, deslizava para uma meia inconsciência, onde tudo era bom, a multidão já conduzida, uma ausência de aulas, um quarto só seu, muitos homens a amá-la. Acordava amarga, notando com alegria reprimida que não se interessava pelo bolo que as irmãs devoravam animalmente, com irritante despreocupação.

Vivia então os seus dias gloriosos. E chegavam ao auge com algum pensamento que a exaltava e a mergulhava em misticismo ardente: "Entrar para um convento! Salvar os pobres, ser enfermeira!" Imaginava-se já vestindo o hábito negro, o rosto pálido, os olhos piedosos e humildes. As mãos, aquelas mãos implacavelmente coradas e largas, emergindo, brancas e finas, das longas mangas. Ou então, com a touca alva, olheiras cavadas pelas noites não dormidas. Entregando ao médico, silenciosa e rapidamente, os ferros de operar. Ele a miraria com admiração, simpatia mesmo, e quem sabe? Amor até.

Mas, impossível ser grande num ambiente como o seu. Interrompiam-na com as observações mais banais: "Já tomou banho, Tuda?" Ou, senão, o olhar das pessoas de casa. Um olhar simples, distraído, completamente alheio ao nobre fogo que ardia dentro dela. Quem poderia persistir, pensava acabrunhada, junto de tanta vulgaridade?

E além disso, por que não "aconteciam coisas"? Tragédias, belas tragédias...

Até que descobriu a doutora. E antes de conhecê-la, já lhe pertencia. De noite mantinha longas conversas imaginárias com a desconhecida. De dia, escrevia-lhe cartas. Até que foi chamada: viam afinal que ela era alguém, uma extraordinária, uma incompreendida!

Até o dia marcado para a entrevista, Tuda não se sentiu. Viveu numa atmosfera de febre e de ansiedade. Uma aventura. Compreendem bem? Uma aventura.

Não tardaria a entrar no escritório. Vai ser assim: ela é alta, tem os cabelos curtos, olhos fortes, um busto grande. Um pouquinho gorda. Mas ao mesmo tempo parecida com Diana, a Caçadora, da sala de visitas.

Ela sorri. Eu fico séria.

– Boa tarde.

– Boa tarde, minha filha (não seria melhor: boa tarde, irmã? Não, não se usa).

– Vim aqui por excesso de audácia, confiando na bondade e compreensão da senhora. Tenho dezessete anos e acho que já posso começar a viver.

Duvidava que tivesse tanta coragem. E mesmo o que a doutora tinha, afinal, a ver com ela? Mas, não. Aconteceria alguma coisa. Dar-lhe-ia trabalho, por exemplo. Poderia mandá-la viajar para colher dados sobre... sobre a mortalidade infantil, suponhamos, ou sobre os salários dos homens do campo. Ou poderia dizer:

– Gertrudes, você terá papel muito maior na vida. Você fará...

O quê? Afinal o que é grande? Tudo acaba... Não sei, a doutora vai falar.

De repente... O rapazinho coçou a orelha e disse, o ar velho que as pessoas teimavam em emprestar aos fatos excitantes e novos:

– Pode entrar...

Tuda atravessou a sala, sem respirar. E encontrou-se diante da doutora.

Estava sentada junto à mesa, rodeada de livros e papéis. Uma estranha, séria, com uma vida própria, que Tuda não conhecia.

Fingiu arrumar a mesa.

– Então? – disse depois. – Uma menina chamada Gertrudes... – Riu. – Por que é que se lembrou de vir a mim, procurar trabalho? – iniciou, com o tato que lhe valera o lugar de conselheira na revista.

Miúda, cabelos pretos enrolados em dois cachos sobre a nuca. O batom pintado um pouco para fora dos lábios, numa tentativa de sensualidade. O rosto calmo, as mãos irrequietas. Tuda sentiu vontade de fugir.

Há muitos anos saíra de casa.

A doutora falava, falava, a voz levemente rouca, o olhar vago. Sobre diversos assuntos. Os últimos filmes, as jovens modernas, sem orientação, más leituras, sei lá, muitas coisas. Tuda também falava. Deixara de palpitar e a sala, a doutora tomavam aos poucos uma disposição mais compreensível. Tuda contou alguns segredos, sem importância. Sua mãe, por exemplo, não gostava que ela saísse à noite, alegando o sereno. Precisava operar a garganta e vivia sempre resfriada. Mas o pai dizia que há males que vêm para o bem e que as amígdalas eram uma defesa do organismo. E também, o que a natureza criara tinha sua função.

A doutora brincava com o lápis.

– Bem, agora já conheço você mais ou menos. Na sua carta falou num apelido? Tudes, Tuda...

Tuda corou. Então a estranha falou-lhe das cartas. Não podia ouvir bem porque ficou tonta e o coração achou de lhe pulsar exatamente nos ouvidos. "Idade difícil... todos são... quando menos se espera..."

– Essa inquietação, tudo que você sente é mais ou menos normal, vai passar. Você é inteligente e vai compreender o que vou lhe explicar. A puberdade traz distúrbios e...

Não, doutora, que humilhação. Ela já era grande demais para essas coisas, o que sentia era mais belo e mesmo...

– Isto vai passar. Você não precisa trabalhar, nem fazer nada de extraordinário. Se quiser – ia usar seu velho "truc" e sorriu –, se quiser arranje um namorado. Então...

Ela era igual a Amélia, a Lídia, a todo o mundo, a todo o mundo!

A doutora ainda falava, Tuda continuava muda, obstinadamente muda. Uma nuvem tapou o sol e o escritório ficou de repente sombrio e úmido. Daí a um instante o floco de poeiras recomeçou a brilhar e a mover-se.

A conselheira impacientou-se ligeiramente. Estava cansada. Trabalhara tanto...

– Então? Mais alguma coisa? Fale, fale sem medo...

Tuda pensava confusamente: vim perguntar o que faço de mim. Mas não sabia resumir seu estado nessa pergunta. Além disso, receava cometer uma excentricidade e ainda não se habituara consigo mesma.

A doutora inclinara a cabeça para um lado e desenhava pequenos riscos simétricos sobre uma folha de papel. Depois rodeava os riscos com um círculo um pouco torto. Como sempre, não conseguia manter a mesma atitude por muito tempo. Começava a fraquejar e a deixar-se invadir pelos próprios pensamentos. Notou-o, irritou-se e transferiu a irritação para Tuda: "Tanta gente morrendo, tantas 'crianças sem lar', tantos problemas irresolúveis (seus problemas) e aquela guria, com família, boa vida burguesa, a dar-se importância." Vagamente observou que isso contrariava sua tese individualista: "Cada pessoa é um mundo, cada pessoa tem sua própria chave e a dos outros nada resolve; só se olha para o mundo alheio por distração, por interesse, por qualquer outro sentimento que sobrenada e que não é o vital; o 'mal de muitos' é consolo, mas não é solução." Justamente porque observou que se contradizia e porque lhe ocorreu a frase do colega sobre a inconsistência das mulheres e porque achou-a injusta, ainda mais se impacientou, querendo, com raiva de si mesma, como para punir-se, afundar na contradição. Um minuto ainda e diria à menina: por que não visita o cemitério? Vagamente porém notou as unhas sujas de Tuda e refletiu: é muito turbulenta ainda para tirar lições do cemitério. E além disso lembrava-se do seu próprio tempo de unhas sujas e imaginou que desprezo não teria por alguém que então lhe falasse do cemitério como de uma realidade.

De repente, Tuda sentiu que a doutora não gostava dela. E, assim, junto daquela mulher que nada tinha a ver com todas as coisas familiares, naquela sala que nunca vira e que subitamente era "um lugar", pensou estar sonhando. Que viera fazer ali? Perguntou-se assustada. Tudo perdia a realidade em relação à sua mãe, à casa, ao último almoço, tão pacato, e não só a confissão como o inexplicável motivo que a conduzira à doutora, pareceram-lhe mentira, uma monstruosa mentira, que ela inventara gratuitamente, só para se divertir... A prova é que ninguém dela se utilizava, como de uma coisa que existe. Diziam: "o vestido de Tuda, as aulas de Tuda, as amígdalas de Tuda...", mas não diziam: "a infelicidade de Tuda..." Caminhara tão depressa com essa mentira! Agora estava perdida, não podia voltar atrás! Roubara um doce e não queria comê-lo... Mas a doutora a obrigaria a mastigá-lo, a engoli-lo, como castigo... Ah, escapulir do escritório e andar de novo sozinha, sem a compreensão inútil e humilhante da doutora.

– Olhe, Tuda, o que me agradaria dizer-lhe é que você um dia terá o que agora procura tão confusamente. É uma espécie de calma que vem do conhecimento de si própria e dos outros. Mas não se pode apressar a vinda desse estado. Há coisas que só se aprende quando ninguém as ensina. E com a vida é assim. Mesmo há mais beleza em descobri-la sozinha, apesar do sofrimento. – A doutora sentiu um súbito cansaço, tinha a impressão de que a ruga nº 3, do nariz aos lábios, afundara. Aquela menina fazia-lhe mal e ela queria estar de novo só. – Olhe, tenho certeza de que você ainda terá muita felicidade. Os sensíveis são simultaneamente mais infelizes e felizes que outros. Mas dê tempo ao tempo! – Como era vulgar com facilidade, refletiu sem amargura. – Vá vivendo...

Sorriu. E de repente Tuda sentiu aquele rosto entrando bem na sua alma. Não era da boca, nem dos olhos que vinha aquele ar... ar divino. Era como uma sombra terrivelmente simpática, vacilando sobre a doutora. E, no mesmo instante, Tuda soube que não mentira, ah, não! Uma alegria, uma vontade de chorar. Ah, ajoelhar-se diante da doutora, esconder o rosto no seu regaço, gritar: é isso que eu tenho, é isso! Só lágrimas!

A doutora já não sorria. Pensava. Olhando-a, assim, de perfil, Tuda já não a entendia mais. De novo, uma estranha. Buscou-a depressa, à outra, a divina:

– Por que a senhora disse: "o que me agradaria dizer-lhe..."? Então não é a verdade?

A menina era mais perspicaz do que pensara. Não, não era a verdade. A doutora sabia que se pode passar a vida inteira buscando qualquer coisa atrás da neblina, sabia também da perplexidade que traz o conhecimento de si própria e dos outros. Sabia que a beleza de descobrir a vida é pequena para quem procura principalmente a beleza nas coisas. Oh, sabia muito. Mas estava cansada do duelo. O escritório novamente vazio, afundar no divã, fechar as janelas – a repousante escuridão. Pois se aquele era o seu refúgio, apenas dela, onde até ele, com sua enervante e calma aceitação da felicidade, era um intruso!

Olharam-se e Tuda, decepcionada, sentiu que estava em posição superior à da doutora, era mais forte do que ela.

A conselheira não notara que já se havia denunciado com os olhos e emendou, pensativa, a voz arrastada:

– Eu disse isso? Acho que não... (Que deseja afinal essa guria? Quem sou eu para dar conselhos? Por que é que ela não telefonou? Não, melhor que não telefone, estou cansada. Oh, que me deixem, sobretudo isto!)

Novamente tudo flutuando no escritório. Não havia mais o que dizer. Tuda levantou-se, com os olhos úmidos.

– Espere – a doutora pareceu meditar um instante. – Olhe, vamos fazer um contrato? Você continua estudando, sem preocupar-se muito consigo. E quando completar... digamos... vinte anos, sim, vinte anos, você vem cá... – Animou-se sinceramente: simpatizava com a menina, haveria de ajudá-la, dar-lhe talvez um trabalho que a ocupasse e distraísse, enquanto não passasse o período de desadaptação. Era bem viva, inteligente até.

– Aceita? Vamos, Tuda, seja uma boa menina e concorde...

Sim, concordava, concordava! Tudo era de novo possível! Ah, só que não poderia falar, dizer quanto concordava, quanto se entregava à doutora. Porque se falasse, poderia chorar, não queria chorar.

– Mas Tuda... – A sombra divina no seu rosto. – Você não precisa chorar... Vamos, prometa que será uma mulherzinha corajosa... – Sim, vou ajudá-la. Mas agora, o divã, isso sim, depressa, mergulhar nele.

Tuda enxugou o rosto com as mãos.

Na rua, tudo era mais fácil, sólido e simples. Caminhara depressa, depressa. Não queria – a desgraça de sempre perceber – lembrar-se do gesto mole e cansado com que a doutora lhe estendera a mão. E mesmo o ligeiro suspiro... Não, não. Que loucura! Mas aos poucos o pensamento instalou-se: fora uma indesejada... Corou.

Entrou numa sorveteria e comprou um sorvete.

Passaram duas mocinhas de uniforme de colégio, conversando e rindo alto. Olharam para Tuda com a animosidade que as pessoas sentem umas pelas outras e que os jovens ainda não disfarçam. Tuda estava sozinha e foi vencida. Pensou, sem ligar o pensamento ao olhar das meninas: que tenho a ver com elas? Quem esteve junto à doutora, falando de coisas misteriosas e profundas? E se elas soubessem da aventura nem entenderiam...

De repente pareceu-lhe que depois de ter vivido aquela tarde, não poderia continuar a mesma, estudando, indo ao cinema, passeando com as amiguinhas, simplesmente... Distanciara-se de todos, mesmo da antiga Tuda... Alguma coisa se desenrolara nela, a sua própria personalidade que se afirmara com a certeza de que no mundo havia correspondência para ela... Surpreendera-se: podia-se então falar no... "naquilo" como de algo palpável, na sua insatisfação que ela escondera com vergonha e medo... Agora... Alguém tocara levemente nas névoas misteriosas de que vivia há algum tempo e de repente elas se solidificavam, formavam um bloco, existiam. Faltara-lhe até o momento quem a reconhecesse, para ela própria reconhecer-se... Transformava-se tudo! Como? Não sabia...

Continuou a andar, os olhos muito abertos, cada vez mais lúcida. Pensava: antes era daquelas que existem, que se movem, casam, têm filhos simplesmente. E d'agora em diante um dos elementos constantes de sua vida seria Tuda, consciente, vigilante, sempre presente...

Seu destino modificara-se, parecia-lhe. Mas como? Oh, não conseguir pensar com clareza e não poderem as palavras conhecidas exprimir o que se sente! Um pouco orgulhosa, deslumbrada, meio decepcionada, repetia-se: vou ter outra vida, diferente da de Amélia, mamãe, papai... Procurava ter uma visão de seu novo futuro e apenas conseguia ver-se andando sozinha sobre largas planícies desconhecidas, os passos resolutos, os olhos dolorosos, caminhando, caminhando... Para onde?

Já não se apressava para casa. Possuía um segredo do qual as pessoas nunca poderiam partilhar. E ela própria, pensou, só participaria da vida comum com algumas partículas de si mesma, algumas apenas, mas não com a nova Tuda, a Tuda de hoje... Estaria sempre à margem?... – Revelações sucediam-se rápidas, acendendo repentinas e iluminando-a como pequenos raio – Isolada...

Sentiu-se subitamente deprimida, sem apoio. Tornara-se de um momento para outro sozinha... Vacilou, desorientada. Onde está mamãe? Não, mamãe não. Ah, voltar para o escritório, procurar o ar divino da doutora, pedir-lhe que ela não a abandonasse, porque tinha medo, medo!

Mas a doutora vivia uma vida própria e – outra revelação – ninguém saía inteiramente para fora de si para ajudar... "Só" volte aos vinte anos... Não empresto o vestido, não empresto coisa alguma, você vive pedindo... E nem era possível ser compreendida! "A puberdade traz distúrbios..." "Essa menina não está passando bem, João, aposto como as amígdalas..."

– Oh, perdão, senhorita... Machuquei-a?

Quase perdeu o equilíbrio com o choque. Ficou um instante atordoada.

– Não enxerga? – O homem tinha dentes brancos, pontudos. – Não há de que... Não foi nada...

O rapaz se afastou, com ligeiro sorriso no rosto redondo.

Abrindo os olhos, Tuda percebeu a rua cheia de sol. A brisa forte arrepiou-a. Que sorriso engraçado, o do homem. Lambeu o finzinho do sorvete e como ninguém reparava comeu a casquinha (os homens de mãos sujas é que fazem as casquinhas, Tuda). Franziu as sobrancelhas. Diabo! (Não diga diabo, Tuda.) Diria o que quisesse, comeria todas as casquinhas do mundo, faria o que bem entendesse.

Lembrou-se subitamente: a doutora... Não... Não. Nem aos vinte anos... Aos vinte anos seria uma mulher caminhando sobre a planície desconhecida... Uma mulher! O poder oculto desta palavra. Porque afinal, pensou, ela... ela existia! Acompanhou o pensamento a sensação de que tinha um corpo seu, o corpo que o homem olhara, uma alma sua, a alma que a doutora tocara. Apertou os lábios com firmeza, cheia de súbita violência:

– Eu lá preciso de doutora! Lá preciso de ninguém!

Continuou a andar, apressada, palpitante, feroz de alegria.

Setembro 1941

OBSESSÃO

Agora que já vivi o meu caso, posso rememorá-lo com mais serenidade. Não tentarei fazer-me perdoar. Tentarei não acusar. Aconteceu simplesmente.

Não me recordo com nitidez de seu início. Transformei-me independente de minha consciência e quando abri os olhos o veneno circulava irremediavelmente no meu sangue, já antigo no seu poder.

É necessário contar um pouco sobre mim, antes do meu contato com Daniel. Apenas assim conhecer-se-á o terreno em que suas sementes foram jogadas. Embora não acreditasse que se pudesse compreender inteiramente por que as sementes resultaram em tão tristes frutos.

Sempre fui sossegada e nunca dei provas de possuir os elementos que Daniel desenvolveu em mim. Nasci de criaturas simples, instruídas naquela sabedoria que se adquire pela experiência e se adivinha pelo senso comum. Vivemos, de minha infância até meus catorze anos, numa boa casa de arrabalde, onde eu estudava, brincava e movia-me despreocupadamente sob os olhares benevolentes de meus pais.

Até que um dia em mim descobriram uma mocinha, abaixaram meu vestido, fizeram-me usar novas peças de roupa e consideraram-me quase pronta. Aceitei a descoberta e suas consequências sem grande alvoroço, do mesmo modo distraído como estudava, passeava, lia e vivia.

Mudamo-nos para uma casa mais próxima da cidade, num bairro cujo nome, juntamente com outros detalhes posteriores, silenciarei. Lá eu teria oportunidade de conhecer rapazes e moças, dizia mamãe. Realmente fiz depressa algumas amizades, com minha alegria amena e fácil.

Consideravam-me bonitinha, e meu corpo forte, minha pele clara causavam simpatia.

Quanto aos meus sonhos, nessa idade tão cheia deles – os de uma jovem qualquer: casar, ter filhos e, finalmente, ser feliz, desejo que eu não precisava bem e confusamente enquadrava nos fins dos mil romances que lera, sem me contagiar com seu romanticismo. Eu apenas esperava que tudo corresse bem, embora nunca me tomasse de contentamento se assim sucedia.

Aos dezenove anos encontrei Jaime. Casamo-nos e alugamos um apartamento bonito, bem mobiliado. Vivemos seis anos juntos, sem filhos. E eu era feliz. Se alguém me perguntava, eu afirmava, acrescentando não sem um pouco de perplexidade: "E por que não?"

Jaime foi sempre bom para mim. E, seu temperamento pouco ardente, eu o considerava de certo modo um prolongamento de meus pais, de minha casa anterior, onde habituara-me aos privilégios de filha única.

Vivia facilmente. Nunca dedicava um pensamento mais forte a qualquer assunto. E, como a poupar-me ainda mais, não acreditava inteiramente nos livros que lia. Eram feitos apenas para distrair, pensava eu.

Às vezes, melancolia sem causa escurecia-me o rosto, uma saudade morna e incompreensível de épocas nunca vividas me habitava. Nada romântica, afastava-as logo como a um sentimento inútil que não se liga às coisas realmente importantes. Quais? Não as definia bem e englobava-as na expressão ambígua "coisas da vida". Jaime. Eu. Casa. Mamãe.

Por outro lado, as pessoas que me cercavam moviam-se tranquilas, a testa lisa sem preocupações, num círculo onde o hábito há muito alargara caminhos certos, onde os fatos explicavam-se razoavelmente por causas visíveis e os mais extraordinários se ligavam, não por misticismo mas por comodismo, a Deus. Os únicos acontecimentos capazes de perturbar suas almas eram o nascimento, o casamento, a morte e os estados a eles contínuos.

Ou engano-me e, na minha feliz cegueira, não sabia enxergar mais profundamente? Não sei, mas agora parece-me impossível que na zona escura de cada homem, mesmo dos pacíficos, não se aninhe a ameaça de outros homens, mais terríveis e dolorosos.

Se aquela vaga insatisfação vinha me inquietar, eu, sem saber explicá-la e habituada a conferir um nome claro a todas as coisas, não a admitia ou atribuía-a a indisposições físicas. Além disso, a reunião de domingo em casa de meus pais, junto às primas e vizinhos, qualquer bom e animado jogo reconquistavam-me rapidamente e repunham-me na estrada larga, de novo a caminhar entre a multidão dos de olhos fechados.

Noto agora que certa apatia, mais do que paz, acinzentava meus atos e meus desejos. Lembro-me que Jaime dissera uma vez, um pouco emocionado:

– Se nós tivéssemos um filho...

Respondi, desatenta:

– Pra quê?

Denso véu isolava-me do mundo e, sem o saber, um abismo distanciava-me de mim mesma.

E assim continuei até que contraí febre tifoide e quase morri. Minhas duas casas se mobilizaram e num trabalho de noites e dias salvaram-me.

A convalescença veio me encontrar magra e pálida, sem gosto para nada do mundo. Mal me alimentava, irritava-me com simples palavras. Passava o dia recostada sobre o travesseiro, sem pensar, sem me mover, presa por anormal e doce languidez. Não afirmo com segurança que esse estado tenha favorecido uma influência mais fácil de Daniel. Imagino antes que forçava minha fraqueza para conservar as pessoas ao redor de mim, como na fase da doença. Quando Jaime chegava do trabalho, meu ar de fragilidade acentuava-se propositalmente.

Não planejara assustá-lo, mas consegui-o. E um dia, em que eu até já esquecera minha atitude de "convalescente", comunicaram-me que eu passaria dois meses em Belo Horizonte, onde o bom clima e o novo ambiente me fortificariam. Não houve apelação. Jaime para lá me conduziu, num trem noturno. Arranjou-me uma boa pensão e partiu, deixando-me sozinha, sem o que fazer, subitamente lançada numa liberdade que eu não pedira e da qual não sabia me utilizar.

Talvez tenha sido o começo. Fora de minha órbita, longe das coisas como que nascidas comigo, senti-me sem apoio porque afinal nem as noções recebidas haviam criado raízes em mim, tão superficialmente eu vivia. O que até então me sustentara não eram convicções, mas as pessoas que as possuíam. Pela primeira vez davam-me uma oportunidade de *ver* com meus próprios olhos. Pela primeira vez isolavam-me comigo mesma. Pelas cartas que naquela época escrevi e lidas muito depois, observo que um sentimento de mal-estar se apoderara de mim. Em todas elas referia-me à volta, desejando-a com certa ansiedade. Isso, porém, até Daniel.

Não posso, mesmo agora, lembrar-me do rosto de Daniel. Falo daquela sua fisionomia de minhas primeiras impressões, bem diversa do conjunto a que depois me habituei. Só então, infelizmente um pouco tarde, consegui pela convivência compreender e absorver seus traços. Mas eram outros... Do primeiro Daniel nada guardei, senão a marca.

Sei que ele sorria, apenas isso. De quando em quando, surge-me qualquer traço seu, isolado, daqueles anteriores. Seus dedos curvos e compridos, aquelas sobrancelhas afastadas, densas. Mais nada. É que ele me dominava de tal forma que, se assim posso dizer, quase me impedia de vê-lo. Acredito mesmo que minha angústia posterior mais se acentuou com essa impossibilidade de recompor sua imagem. Eu assim apenas possuía suas palavras, a lembrança de sua alma, tudo o que não era humano em Daniel. E nas noites de insônia, sem poder reconstituí-lo mentalmente, já exausta pelas tentativas inúteis, eu o enxergava qual uma sombra, enorme, de contornos móveis, esmagadora e ao mesmo tempo distante como uma ameaça. Como um pintor que para prender a ventania na sua tela inclina a copa das árvores, faz esvoaçar cabeleiras e saias, eu só conseguia relembrá-lo transportando-me a mim mesma, à daquele tempo. Martirizava-me com acusações, desprezava-me e, magoada, partida, fixava-o em mim vivamente.

Mas é necessário começar pelo princípio, pôr um pouco de ordem nesta minha narrativa...

Daniel morava na pensão onde eu me alojara. Nunca se dirigira a mim, nem eu o notara particularmente. Até que um dia ouvi-o falar, caindo subitamente em conversa alheia, embora não abandonando aquele seu ar de distância, como se tivesse emergido de um sono espesso. Sobre o trabalho. Que não deveria constituir senão um meio de matar a fome imediata. E, distraindo-se a escandalizar os circunstantes, acrescentou – a qualquer momento abandonaria o seu, o que já fizera várias vezes, para viver como "um bom vagabundo". Um estudante de óculos, após o primeiro instante de silêncio e de reserva que se formou, retrucou-lhe friamente que antes de tudo trabalhar era um dever. "Um dever para com a sociedade." Daniel teve um gesto qualquer, como se não lhe interessasse convencer, e concedeu-lhe uma frase:

– Já alguém disse que não há fundamento para o dever.

Saiu da sala, deixando o estudante indignado. E a mim, surpresa e divertida: nunca ouvira alguém insurgir-se contra o trabalho, "uma obrigação tão séria". O máximo de revolta de Jaime ou de papai concretizava-se apenas em forma de lamento, sem importância. De um modo geral, eu nunca me lembrara de que se pudesse não aceitar, escolher, revoltar-se... Sobretudo percebera através das palavras de Daniel um descaso pelo estabelecido, pelas "coisas da vida"... E jamais me ocorrera, senão como leve fantasia, desejar que o mundo fosse diferente do que era. Recordei-me de Jaime, sempre elogiado pelo "desempenho de suas funções", como ele contava, e senti-me, sem saber por quê, mais segura.

Depois, quando revi Daniel, formalizei-me numa atitude fria e inútil, uma vez que ele mal me percebia, colocando-me assim ao lado da pensão inteira, a salvo. No entanto, examinando todos por ocasião do jantar, senti vagamente certa vergonha em fazer parte daquele grupo amorfo de homens e mulheres que numa combinação tácita se apoiavam e se esquentavam, unidos contra o que lhes viesse perturbar o conforto. Compreendi que Daniel os desprezava e irritei-me porque também eu era atingida.

Não estava habituada a me demorar muito tempo sobre qualquer pensamento, e um ligeiro mal-estar, como uma impaciência, apoderou-se de mim. Desde então, sem refletir, evitava Daniel. Vendo-o, imperceptivelmente punha-me em guarda, os olhos abertos, vigilantes. Parece-me que eu temia que ele pronunciasse alguma frase daquelas suas, cortantes, porque receava aceitá-las... Forcei minha antipatia, defendendo-me não sei de quê, defendendo papai, mamãe, Jaime e todos os meus. Mas foi em vão. Daniel era o perigo. E para ele eu caminhava.

De outra vez, vagava eu pela pensão vazia, às duas horas de uma tarde chuvosa, até que, ouvindo vozes na sala de espera, para lá me dirigi. Ele conversava com um homem magro, vestido de preto. Os dois fumavam, falando sem pressa, envoltos nos seus pensamentos a tal ponto que nem me viram entrar. Ia retirar-me, mas uma curiosidade súbita me prendeu e conduziu-me a uma poltrona, afastada das que eles ocupavam. Afinal, refleti desculpando-me, a sala pertencia aos hóspedes. Procurei não fazer qualquer ruído.

Nos primeiros momentos, para meu espanto, nada compreendi do que falavam... Gradualmente distingui algumas palavras conhecidas, entre outras que eu jamais ouvira pronunciadas: termos de livros. "A universalidade de...", "o sentido abstrato que...". É preciso saber que eu nunca assistira a palestras onde o assunto não versasse sobre "coisas" e "histórias". Eu mesma, com pouca imaginação e pouca inteligência, não pensava senão de acordo com minha estreita realidade.

Suas palavras deslizavam sobre mim, sem me penetrar. No entanto, adivinhei, singularmente incomodada, elas escondiam uma harmonia própria que eu não conseguia captar... Tentava não me distrair para não perder da conversa mágica.

– As realizações matam o desejo – disse Daniel.

"As realizações matam o desejo, as realizações matam o desejo", repetia-me eu, um pouco deslumbrada. Perdia-me deles e quando voltava a prestar atenção já outra frase misteriosa e brilhante nascera, perturbando-me.

Agora Daniel falava de si mesmo.

– O que me interessava sobretudo é sentir, acumular desejos, encher-me de mim mesmo. A realização abre-me, deixa-me vazio e saciado.

– Não há saciedade – disse o outro, entre as baforadas de seu cigarro. – Há de novo a insatisfação, criando outro desejo que um homem normal procuraria realizar. Você justifica sua inutilidade com uma teoria qualquer. "O que importa é sentir e não fazer..." Desculpa. Você fracassou e só consegue se afirmar por meio da imaginação...

Eu os escutava, estarrecida. Surpreendia-me não só a conversa, como o plano em que ela se apoiava, qualquer coisa longe da verdade de todos os dias, mas misteriosamente melódica, tocando, adivinhava, em outras verdades desconhecidas para mim. E surpreendia-me também vê-los se atacarem com palavras pouco amáveis que ofenderiam qualquer outra pessoa mas que eram por eles recebidas sem atenção, como se... como se não soubessem o que significava "honra", por exemplo.

E, sobretudo, pela primeira vez eu, até então profundamente adormecida, vislumbrava as ideias.

A inquietação que as primeiras conversas com Daniel me produziram nascia como de uma certeza de perigo. Um dia cheguei a explicar-lhe que ao pensamento desse perigo se ligavam expressões lidas em livros com a pouca atenção que eu geralmente concedia a tudo e que agora me luziam na memória: "fruto do mal"... Quando Daniel disse-me que eu falava da Bíblia, tomei-me do terror de Deus, mesclado no entanto a uma curiosidade forte e vergonhosa como a de um vício.

Por isso tudo, a minha história é difícil de ser elucidada, separada em seus elementos. Até onde foi o meu sentimento por Daniel (uso esse termo geral por não saber exatamente qual era o seu conteúdo) e onde começava o meu despertar para o mundo? Tudo se entrelaçou, confundiu-se dentro de mim e eu não saberia precisar se meu desassossego era o desejo de Daniel ou a ânsia de procurar o novo mundo descoberto. Porque despertei simultaneamente mulher e humana.

Talvez Daniel tenha agido apenas como instrumento, talvez meu destino fosse mesmo o que segui, o destino dos soltos na terra, dos que não medem suas ações pelo Bem e pelo Mal, talvez eu, mesmo sem ele, me descobrisse um dia, talvez, mesmo sem ele, fugisse de Jaime e de sua terra. Que sei eu?

Escutei-os, cerca de duas horas. Meus olhos fixos doíam e minhas pernas, na imobilidade, ficaram dormentes. Quando Daniel olhou-me. Disse-me mais tarde que a gargalhada que deu e que tanto me feriu, a ponto de me fazer chorar, fora causada pela exaltação em que se achava há dias e sobretudo pelo meu lamentável aspecto. Minha boca estupidamente aberta, "meus olhos tolos, atestando minha ingenuidade de animal"... Era assim que Daniel falava comigo. Arranhando-me com frases que lhe saíam fáceis e incolores mas que em mim se cravavam, rápidas e agudas, para sempre.

E assim conheci Daniel. Não me recordo dos detalhes que nos aproximaram. Sei apenas que fui eu que o procurei. E sei que Daniel se apoderou progressivamente de mim. Ele me considerava com indiferença e, eu o imaginava, jamais teria se inclinado à minha pessoa se não me achasse curiosa e divertida. Minha atitude de humildade diante dele era o meu agradecimento ao seu favor... Como eu o admirava. Quanto mais sofria o seu desprezo, tanto mais eu o considerava superior, tanto mais o separava dos "outros".

Hoje compreendo-o. Tudo lhe perdoo, tudo perdoo aos que não sabem se prender, aos que se fazem perguntas. Aos que procuram motivos para viver, como se a vida por si mesma não se justificasse.

Conheci mais tarde o verdadeiro Daniel, o doente, o que só existia, embora em perpétuo clarão, dentro de si próprio. Quando se voltava para o mundo, já tateante e apagado, percebia-se sem apoio e, amargo, perplexo, descobria que apenas sabia pensar. Dos que possuem a terra num segundo, os olhos fechados. Aquele seu poder de esgotar as coisas antes de tê-las, aquela sua previsão clara do "depois"... Antes de iniciar o primeiro passo para a ação, já degustava a saturação e a tristeza que seguem as vitórias...

E, como a se compensar dessa impossibilidade de realizar, ele, cuja alma tanto ansiava por se expandir, inventara outro caminho onde sua inatividade coubesse, onde pudesse estender-se e justificar-se. Realizar-se, repetia, eis o mais alto e nobre objetivo humano. Realizar-se seria abandonar a posse e a realização de coisas para possuir-se a si mesmo, desenvolver seus próprios elementos, crescer dentro de seus contornos. Fazer sua música e ele mesmo ouvi-la...

Como se necessitasse de tal programa... Tudo nele atingia naturalmente o máximo, não na objetivação, mas num estado de capacidade, de exaltação de forças, de que ninguém se beneficiava e que era por todos, além dele, ignorado. E esse estado era o seu auge. Assemelhava-se ao que precederia uma realização e ele ardia por alcançá-lo, sentindo-se, quanto mais sofria, mais vivo, mais castigado, quase satisfeito. Era a dor da criação, sem a criação embora.

Porque quando tudo se diluía, apenas na sua memória restava algum vestígio.

Nunca se concedia longo repouso, apesar da esterilidade dessa luta e por mais extenuante que fosse. Em breve de novo girava em torno de si mesmo, farejando seus desejos nascentes, adensando-os até elevá-los a um ponto de crise. Quando o conseguia, vibrava no ódio, na beleza ou no amor, e sentia-se quase pago.

Tudo servia-lhe de partida. Um pássaro que voava, lhe lembrava terras desconhecidas, fazia respirar seu velho sonho de fuga. De pensamento a pensamento, inconscientemente dirigido para o mesmo fim, chegava à noção de sua covardia, revelada não só nesse constante desejo de fugir, de não se unir às coisas para não lutar por elas, como na incapacidade de realizá-lo, já que o concebia, espedaçando sem piedade o humilhante bom senso que lhe prendia o voo. Esse dueto consigo mesmo era o reflexo de sua essência, descobria, e por isso continuaria por toda a sua vida... Daí fácil tornava-se esboçar o futuro, longo, arquejante, trôpego, até o fim implacável – a morte. Só isso e atingira aquilo a que sua tendência o guiava: o sofrimento.

Parece louco. No entanto, também Daniel tinha sua lógica. Sofrer, para ele, o contemplativo, constituía o único meio de viver intensamente... E afinal só por isso ardia Daniel: por viver. Apenas, seus caminhos eram estranhos.

De tal modo entregava-se ao sentimento criado e de tal modo este se tornava forte que ele chegava a esquecer a sua origem provocada e alimentada. Esquecia que ele próprio o forjara, nele se embebia e dele vivia como de uma realidade.

Por vezes a crise, sem nenhuma evasão, tomava aspecto tão dolorosamente denso que ele, nela afundado, esgotando-a, ansiava enfim por se libertar. Criava então, para salvar-se, um desejo oposto que a destruísse. Porque nesses momentos receava a loucura, sentia-se doente, longe de todos os humanos, longe daquele homem ideal que seria um sereno ser animalizado, de uma inteligência fácil e confortável. Desse homem que ele nunca atingiria, a quem não podia deixar de desprezar, com aquela altivez alcançada pelos que sofrem. Desse homem a quem invejava, no entanto. Quando seu padecimento se avolumava demais, lançava os olhos em socorro para esse tipo que, por contraste com sua própria miséria, parecia-lhe belo e perfeito, cheio duma simplicidade que para ele, Daniel, seria heroica.

Cansado da tortura, procurava-o, imitava-o, numa súbita sede de paz. Era sempre esta a força oposta que apresentava a si mesmo quando atingia o extremo doloroso de sua crise. Permitia-se um pouco de equilíbrio como uma trégua, mas que o tédio logo invadia. Até que, na vontade mórbida de novamente sofrer, adensava esse tédio, transformava-o em angústia.

Vivia neste ciclo. Talvez tivesse permitido minha aproximação num desses momentos em que precisava da "força oposta". Eu, parece-me que já o disse, possuía boa aparência de saúde, com meus gestos medidos e meu corpo reto. E, agora sei, tanto procurou me esmagar e humilhar-me, porque me inveja. Desejou acordar-me, porque desejava que também eu sofresse, como um leproso que secretamente ambiciona transmitir sua lepra aos sãos.

No entanto, ingênua, nele me ofuscava exatamente sua tortura. Mesmo o seu egoísmo, mesmo a sua maldade assemelhavam-no a um deus destronado – a um gênio. E além disso, eu já o amava.

Hoje, tenho pena de Daniel. Depois de ter me sentido desamparada, sem saber o que fazer de mim, não desejando continuar o mesmo passado de calma e de morte, e não conseguindo, o hábito do conforto, dominar um futuro diferente – agora percebo quanto Daniel era livre e quanto era infeliz. Pelo seu passado – obscuro, cheio de sonhos frustrados – não conseguira situar-se no mundo conformado, meio a meio feliz, da média. Quanto ao futuro, temia-o demasiado porque conhecia bem seus próprios limites. E porque, apesar de conhecê-los, não se resignara a abandonar aquela ambição enorme, indefinida, que, depois já inumana, dirigia-se para além das coisas da terra. Falhando na realização do que se lhe apresentava aos olhos, voltara-se para o que ninguém, adivinhava-o, poderia realizar.

Estranho que pareça, sofria pelo desconhecido, por aquilo que, "por uma conspiração da natureza", jamais tocaria um instante sequer com os sentidos, "ao menos para saber de sua matéria, de sua cor, de seu sexo". "De sua qualificação no mundo das percepções e das sensações", disse-me uma vez, na minha volta à sua companhia. E o maior mal que Daniel me fez foi despertar em mim mesma esse desejo que em todos nós existe latente. Em alguns acorda e envenena apenas, como no meu caso e no de Daniel. A outros conduz a laboratórios, viagens, experiências absurdas, à aventura. À loucura.

Sei agora qualquer coisa sobre os que procuram sentir para se saberem vivos. Caminhei também nessa viagem perigosa, tão pobre para nossa terrível ansiedade. E quase sempre decepcionante. Aprendi a fazer minha alma vibrar e sei que, enquanto isso, no mais profundo do próprio ser, pode-se permanecer vigilante e frio, apenas observando o espetáculo que a si mesmo se proporcionou. E quantas vezes quase com tédio...

Agora eu o compreenderia. Mas então apenas via o Daniel sem fraquezas, soberano e distante, que me hipnotizava. Pouco sei sobre o amor. Apenas lembro-me que o temia e o procurava.

Fez-me contar minha vida, ao que obedeci, medrosa, rebuscando as palavras para não lhe parecer muito estúpida. Porque ele não hesitava em falar sobre minha falta de inteligência, com as expressões mais cruéis. Contava-lhe, obediente, pequenos fatos passados. Ele ouvia, o cigarro nos lábios, os olhos distraídos. E terminava por dizer, com aquele ar só seu, mistura de desejo contido de rir, de cansaço, de desdém benevolente:

– Muito bem, bastante feliz...

Eu me ruborizava, não sei por que cheia de raiva, ferida. Mas nada lhe retrucava.

Um dia falei-lhe sobre Jaime e ele disse:

– Interessante, muito normal.

Oh, as palavras são comuns, mas o modo pelo qual eram pronunciadas. Revolucionavam-me, envergonhavam-me no que eu tinha de mais oculto.

– Cristina, você sabe que vive?

– Cristina, é bom ser inconsciente?

– Cristina, você nada quer, não é mesmo?

Eu chorava depois, mas voltava a procurá-lo, porque começava a concordar com ele e secretamente esperava que se dignasse iniciar-me no seu mundo. E como sabia humilhar-me. Chegou a estender suas garras a Jaime, a todos os meus amigos, amassando-os como algo desprezível. Não sei o que, desde o início, impediu minha revolta. Não sei. Apenas recordo-me de que para o seu egoísmo era um prazer dominar e que eu fui fácil.

Um dia, vi-o animar-se subitamente, como se a inspiração lhe parecesse a um tempo feliz e cômica:

– Cristina, você quer que eu a acorde?

E, antes que eu pudesse rir, já me observava a balançar com a cabeça, concordando.

Começaram então os passeios estranhos e reveladores, aqueles dias que me marcaram para sempre.

Ele mal concederia olhar-me, fazia-me perceber, se não tivesse resolvido me transformar. Louco quanto pareça, ele repetia várias vezes: queria transformar-me, "soprar no meu corpo um pouco de veneno, do bom e terrível veneno"...

Iniciou-se minha educação.

Ele falava, eu ouvia. Soube de vidas negras e belas, soube do sofrimento e do êxtase dos "privilegiados pela loucura".

– Medite sobre eles, você, com o seu feliz meio-termo.

E eu pensava. Horrorizava-me o mundo novo que a voz persuasiva de Daniel fazia-me vislumbrar, a mim que sempre fora uma quieta ovelha. Horrorizava-me, porém já me atraía com a força aspirante de uma queda...

– Prepare-se para sentir comigo. Ouça esse trecho com a cabeça jogada para trás, os olhos entrefechados, os lábios abertos...

Eu fingia rir, fingia obedecer por brincadeira, como a desculpar-me perante os amigos de outrora. Perante os meus próprios olhos, por admitir tamanho jugo. Nada, porém, era mais sério para mim.

Ele, impassível, retocando-me como para um ritual, insistia, grave:

– Mais langor no olhar... As narinas mais leves, prontas para absorver profundamente...

Eu obedecia. E sobretudo obedecia procurando não descontentá-lo em coisa alguma, entregando-me às suas mãos e pedindo perdão por não lhe dar mais. E porque nada me pedia, nada do que eu não mais hesitaria em lhe oferecer, ainda mais caía na certeza de minha inferioridade e de nossa distância.

– Mais abandono. Deixe que minha voz seja o seu pensamento.

Eu ouvia. "Para os que jazem encarcerados (não apenas nas prisões, interrompia Daniel) as lágrimas formam parte da experiência cotidiana; dia sem lágrimas é dia em que o coração está endurecido, não um dia em que o coração é feliz"... "visto que o segredo da vida é sofrer. Esta verdade está contida em todas as coisas."

E aos poucos, realmente, eu entendia... Aquela voz lenta terminou por arder na minha alma, revolvendo-a profundamente. Caminhara longos anos pelas grutas e de repente descobria a radiosa saída para o mar... Sim, gritei-lhe uma vez mal respirando, *eu sentia*! Ele apenas sorriu, ainda não contente.

No entanto, era a verdade. Eu, tão simples e primitiva, que jamais desejara qualquer coisa com intensidade. Eu, inconsciente e alegre, "porque possuía um corpo alegre"... De repente despertava: que vida escura tivera até então. Agora... Agora eu renascia. Vivamente, na dor, nessa dor que dormia quieta e cega no fundo de mim mesma.

Tornei-me nervosa, agitada, mas inteligente. Os olhos sempre inquietos. Quase não dormia.

Jaime veio me visitar, passar dois dias comigo. Ao receber seu telegrama, empalideci. Andei como tonta, pensando num meio de não deixar Daniel vê-lo. Eu tinha vergonha de Jaime.

Sob o pretexto de que desejava experimentar um hotel, reservei num deles um quarto. Jaime não desconfiou do motivo real, como era de esperar. E isso mais me aproximou de Daniel. Ansiava longinquamente que meu marido reagisse por mim, me retirasse daquelas mãos loucas. Receava não sei o quê.

Foram dois dias horríveis. Odiava-me porque me envergonhava de Jaime e no entanto fazia o possível para com ele esconder-me nos lugares onde Daniel não nos visse...

Quando ele partiu, finalmente, entre aliviada e desamparada, concedi-me uma hora de descanso, antes de voltar para Daniel. Tratava de adiar o perigo, mas nunca me ocorrera fugir.

Confiava em que antes de minha partida Daniel me quisesse.

No entanto, a notícia de que mamãe estava doente veio me chamar para o Rio antes desse dia. Eu devia partir.

Falei com Daniel.

– Mais uma tarde e talvez nunca mais nos vejamos – arrisquei medrosa.

Ele riu baixinho.

– Certamente você voltará.

Tive a nítida impressão de que ele tentava sugerir-me a volta, como uma ordem. Dissera-me um dia: "As almas fracas como você são facilmente levadas a qualquer loucura com um olhar apenas por almas fortes como a minha." No entanto, cega que estava, alegrei-me com este pensamento. E, esquecendo que ele próprio já afirmara sua indiferença por mim, agarrei-me a essa possibilidade: "Se me sugere que eu o procure um dia... não é porque me quer?"

Perguntei-lhe, tentando sorrir:

– Voltar? Por quê?

– Sua educação... Ainda não está completa.

Caí em mim mesma, num desânimo pesado que me deixou lassa e vazia por uns momentos. Sim, era forçoso reconhecer, ele jamais se perturbara sequer com minha presença. Mas, de novo, aquela sua frieza como que me excitava, engrandecia-o aos meus olhos. Numa daquelas exaltações súbitas que haviam se tornado frequentes em mim, desejei ajoelhar-me perto dele, rebaixar-me, adorá-lo. Nunca mais, nunca mais, pensei assustada. Temi não suportar a dor de perdê-lo.

– Daniel – disse-lhe baixo.

Ele ergueu os olhos e, diante de meu rosto angustiado, entrefechou-os, analisando-me, compreendendo-me. Houve um longo minuto de silêncio. Eu esperava e tremia. Sabia que esse instante era o primeiro realmente vivo entre nós, o primeiro que nos ligava diretamente. Aquele momento me separava de súbito de todo o meu passado e numa singular previsão adivinhei que ele se destacaria como um ponto vermelho sobre todo o decorrer de minha vida.

Eu esperava e na expectativa, todos os sentidos aguçados, eu desejaria imobilizar todo o universo, temendo que uma folha se movesse, que alguém nos interrompesse, que minha respiração, um gesto qualquer quebrasse o feitiço do momento, desvanecesse-o e fizesse-nos cair novamente na distância e no vácuo das palavras. O sangue latejava-me surdamente nos pulsos, no peito, na testa. As mãos geladas e úmidas, quase insensíveis. Minha ansiedade deixava-me numa tensão extrema, como pronta para me atirar num sorvedouro, como pronta para enlouquecer.

A um pequeno movimento de Daniel, explodi quase num grito, como se ele me tivesse sacudido com violência:

– E se eu voltar?

Recebeu a frase com desagrado, como sempre em que "minha intensidade de animal o chocava". Fixou os olhos em mim e progressivamente seus traços se transformaram. Enrubesci. A constante preocupação de atingir seus pensamentos não me concedera o poder de penetrar nos mais importantes, mas adestrara minha intuição quanto aos menores. Eu sabia que para Daniel se apiedar de mim, eu deveria estar ridícula. Nem a fome nem a miséria de alguém comoviam-no mais do que a falta de estética. Os cabelos soltos, úmidos de suor, caíam-me sobre o rosto afogueado e a dor, a que minha fisionomia, durante longos anos calma, ainda não se habituara, deveria torcer minhas feições, emprestar-lhes alguma nota grotesca. No momento mais grave de minha vida eu estava ridícula, dizia-me o olhar penalizado de Daniel.

Ficou em silêncio. E, como após uma longa explicação, acrescentou, a voz lenta e serena:

– E além disso, você me conhece mais do que seria preciso para viver comigo. Já falei muito. – Pausa. Acendeu o cigarro sem pressa. Olhou-me bem no fundo dos olhos e num meio sorriso concluiu: – Eu a odiaria no dia em que nada mais tivesse a lhe dizer.

Fora já bastante pisada para não me sentir ferida. Era a primeira vez, porém, que ele me recusava claramente, a mim, meu corpo, tudo o que eu possuía e que lhe oferecia de olhos fechados.

Aterrorizada com minhas próprias palavras que me arrastavam independentes de mim, prossegui com humildade, tentando agradá-lo.

– Responderá ao menos às minhas cartas?

Ele teve um imperceptível movimento de impaciência. Mas respondeu-me, a voz controlada, ameneada:

– Não. O que não impede que você me escreva.

Antes de me retirar, beijou-me. Beijou-me nos lábios, sem que minha inquietação se apaziguasse. Porque fazia-o por mim. E o meu desejo era que ele sentisse prazer, que se humanizasse, se humilhasse.

Mamãe curou-se depressa. E eu voltara para Jaime, definitivamente.

Retomei a vida anterior. No entanto, movia-me como uma cega, numa espécie de sonolência que apenas se sacudia de mim enquanto eu escrevia a Daniel. Nunca recebi palavra sua. Nada aguardava mais. E continuava a escrever.

Às vezes meu estado se agravava e cada instante tornava-se doloroso como uma pequena flecha que se cravasse no meu corpo. Pensava em fugir, em correr para Daniel. Caía numa febre de movimentos que em vão procurava disciplinar em trabalhos caseiros para não despertar a atenção de Jaime e da criada.

Seguia-se um estado de lassidão em que sofria menos. Mas, mesmo nesse período, não sossegava inteiramente. Perscrutava-me atenta: "aquilo voltaria?" Referia-me à tortura com palavras vagas, como se deste modo a afastasse.

Em momentos de maior lucidez, lembrava-me de que ele me dissera um dia:

– É preciso saber sentir, mas também saber como deixar de sentir, porque se a experiência é sublime pode tornar-se igualmente perigosa. Aprenda a encantar e a desencantar. Observe, estou lhe ensinando qualquer coisa de precioso: a mágica oposta ao "abre-te, Sésamo". Para que um sentimento perca o perfume e deixe de intoxicar-nos, nada há de melhor que expô-lo ao sol.

Tentara pensar no que acontecera com nitidez e objetividade para reduzir meus sentimentos a um esquema, sem perfume, sem entrelinhas. Vagamente parecia-me uma traição. A Daniel, a mim mesma. Tentara, embora. Simplificando minha história em duas ou três palavras, expondo-a ao sol, parecia-me realmente irrisória, mas não me contagiava a frieza de meus pensamentos e antes imaginava tratar do caso de uma mulher desconhecida com um homem desconhecido. Oh, eles nada tinham a ver com a opressão que me esmagava, com aquela saudade dolorosa que me esgazeava os olhos e atordoava a mente... E mesmo, descobrira, eu temia libertar-me. "Aquilo" crescera demais dentro de mim, deixava-me plena. Ficaria desamparada se me curasse. Afinal, o que era eu agora, sentia, senão um reflexo? Se abolisse Daniel, seria um espelho branco.

Tornara-me vibrátil, estranhamente sensível. Não suportava mais aquelas amenas tardes em família que outrora tanto haviam me distraído.

– Está calor, hein, Cristina? – dizia Jaime.

– Há duas semanas que estou tentando esse ponto e nada consigo – dizia mamãe.

Jaime atalhava, espreguiçando-se:

– Imagine, fazer crochê com um tempo desses.

– O diabo não é fazer crochê, é ficar quebrando a cabeça para arranjar o tal ponto – retrucava papai.

Pausa.

– Mercedes ainda terminará por ficar noiva daquele rapaz – informava mamãe.

– Mesmo feia como é – respondia papai distraído, virando a folha do jornal.

Pausa.

– O chefão resolveu agora usar o sistema de envio da...

Eu disfarçava a angústia e inventava um pretexto para me retirar por uns momentos. No quarto mordia o lenço, sufocando os gritos de desespero que ameaçavam minha garganta. Caía na cama, o rosto afundado no travesseiro, esperando que alguma coisa acontecesse e me salvasse. Começava a odiá-los, a todos. E desejava abandoná-los, fugir daquele sentimento que se desenvolvia a cada minuto, mesclado a uma insuportável piedade deles e de mim mesma. Como se juntos fôssemos vítimas da mesma e irremediável ameaça.

Tentava reconstituir a imagem de Daniel, traço por traço. Parecia-me que se o relembrasse nitidamente teria uma espécie de poder sobre ele. Retinha a respiração, retesava-me, apertava os lábios. Um momento... Um momento mais e tê-lo-ia, gesto por gesto... Sua figura já se formava, nebulosa... E finalmente, pouco a pouco, desolada, eu a percebia desvanecer-se. Tinha a impressão de que Daniel fugia de mim, sorrindo. No entanto, sua presença não me abandonava. Uma vez, estando com Jaime, eu a sentira e me ruborizara. Imaginara-o a olhar-nos, com seu sorriso calmo e irônico:

– Bem, vejamos, um casal feliz...

Estremecera de vergonha, e durante vários dias mal conseguira suportar a sombra de Jaime. Pensava em Daniel, com maior intensidade ainda. Frases suas rodavam dentro de mim em turbilhão. Uma ou outra se destacava e me perseguia horas e horas. "A única atitude digna de um homem é a tristeza, a única atitude digna de um homem é a tristeza, a única..."

Longe dele, começava a compreendê-lo melhor. Lembrava-me de que Daniel não sabia mesmo rir. Às vezes, quando eu dizia qualquer coisa engraçada e se o surpreendia distraído, via seu rosto como que se partir, numa careta que contrariava aquelas rugas nascidas apenas da dor e da meditação. Um ar a um tempo infantil e cínico, indecente quase, como se ele estivesse fazendo algo proibido, como se estivesse enganando, furtando-se a alguém.

Eu não suportava olhá-lo, nesses raros instantes. Abaixava a cabeça, vexada, cheia de uma piedade que me fazia mal. Realmente ele não sabia ser feliz. Talvez nunca lho tivesse ensinado, quem sabe? Sempre tão sozinho, desde a adolescência, tão longe de qualquer gesto amigo. Hoje, sem ódio, sem amor, com indiferença apenas, de quanta bondade eu seria capaz.

Mas naquele tempo... Temia-o? Sentia apenas que se ele surgisse a qualquer momento, um gesto seu faria com que o seguisse para sempre. Sonhava com esse instante, imaginava que, ao seu lado, libertar-me-ia dele. Amor? Desejava acompanhá-lo, para estar do lado mais forte, para que ele me poupasse, como quem se aninha nos braços do inimigo para estar longe de suas flechas. Era diferente de amor, descobria: eu o queria como quem tem sede e deseja a água, sem sentimentos, sem mesmo vontade de felicidade.

Concedia-me às vezes outro sonho, sabendo-o mais impossível ainda: ele me amaria e eu me vingaria, sentindo-me... Não, não superior, mas igual a ele... Porque, se me quisesse, estaria destruída aquela sua poderosa frieza, seu desdém irônico e inabalável que tanto me fascinava. Enquanto isso eu nunca poderia ser feliz. Ele me perseguia.

Oh, sei que me repito, que erro, confundo fatos e pensamentos nesta curta narrativa. No entanto, mesmo assim, com que esforço reúno seus elementos e lanço-os sobre o papel. Já disse que não sou inteligente, nem culta. E sofrer apenas não basta.

Sem falar, os olhos fechados, há qualquer coisa abaixo do meu pensamento, mais profundo e mais forte, que pretende o que se passou e que, em fugidio instante, vejo com nitidez. Mas meu cérebro é fraco e não consigo transformar esse minuto vivo em reflexão.

Tudo é verdade, no entanto. E devo reconhecer outros sentimentos ainda, igualmente verdadeiros. Muitas vezes, nele pensando, numa transição lenta, via-me servindo-o como uma escrava. Sim, admitia, trêmula e assustada: eu, com um passado estável, convencional, nascida na civilização, sentia um prazer doloroso em imaginar-me a seus pés, escrava... Não, não era amor. Horrorizava-me: era o aviltamento, aviltamento... Surpreendia-me a olhar para o espelho buscando no rosto algum novo traço, nascido da dor, de minha vileza, e que pudesse conduzir minha razão aos instintos em tumulto que eu ainda não queria aceitar. Procurava aliviar minha alma, mortificando-me, sussurrando entre os dentes apertados: "Vil... desprezível..." Respondia-me, pusilânime: "Mas, meu deus (letra minúscula, como ele me ensinara), eu não sou culpada, eu não sou culpada..." De quê? Eu não o definia. Qualquer coisa horrível e forte crescia dentro de mim, qualquer coisa que me estarrecia de medo. Era apenas isso o que eu sabia.

E confusamente, diante de sua recordação, encolhia-me, unia-me a Jaime, aconchegando-o a mim, no desejo de proteger-nos, a ambos, contra ele, contra sua força, contra seu sorriso. Porque, sabendo-o longe embora, imaginava-o assistindo meus dias e sorrindo a algum pensamento secreto, daqueles de que eu apenas adivinhava a existência, sem jamais conseguir penetrar o sentido. Procurava, depois de tanto tempo, mais de um ano, como que justificar-me, a Jaime e à nossa vida burguesa, de tal modo ele se apoderara de minha alma. Aquelas longas conversas em que eu apenas ouvia, aquela chama que acendia nos meus olhos, aquele olhar lento, pesado de conhecimento, sob as pálpebras grossas, haviam me fascinado, acordado em mim sentimentos obscuros, o desejo doloroso de me aprofundar em não sei quê, para atingir não sei que coisa... E sobretudo haviam despertado em mim a sensação de que palpitava em meu corpo e em meu espírito uma vida mais profunda e mais intensa do que a que eu vivia.

De noite, sem dormir, como se falasse a alguém invisível, dizia-me baixinho, vencida: "Concordo, concordo que minha vida é confortável e medíocre, concordo, é pequeno tudo que tenho." Sentia-o balançar a cabeça benevolente. "Não posso, não posso!", gritava comigo mesma, abrangendo nesse lamento minha impossibilidade de deixar de querê-lo, de continuar naquele estado, de, principalmente, seguir os caminhos grandiosos que ele começara a mostrar-me e onde eu me perdia, minúscula e desamparada.

Soubera de vidas ardentes, mas voltara à minha própria, banal. Ele me deixara entrever o sublime e exigira que também eu queimasse no fogo sagrado. Eu me debatia, sem forças. Tudo o que aprendera com Daniel fazia-me apenas enxergar a pequenez do meu cotidiano e execrá-lo. Minha educação não terminara, ele bem o dissera.

Sentia-me sem apoio, tentava evadir-me em lágrimas. Porém minha atitude diante do sofrimento era ainda de perplexidade.

Como tive forças para destruir tudo o que eu fora, para ferir Jaime, tornar infelizes papai e mamãe, já velhos e cansados?

No período que antecedeu minha resolução, como nos que precedem a morte, em certas doenças, tive momentos de trégua.

Naquele dia, Dora, uma amiga, viera à minha casa ver se me distraía de uma das dores de cabeça que eu pretextava para abandonar-me livremente à melancolia, sem ser inquietada. Foi uma frase sua, se bem me lembro, que me lançou para Daniel por outros caminhos.

– Meu bem, você precisava ouvir Armando falar sobre música. Você diria que ele fala do prato mais gostoso do mundo ou da mulher mais "não sei quê". Com uma volubilidade, como se mastigasse cada notinha e jogasse fora os ossos...

Pensei em Daniel que, pelo contrário, tudo imaterializava. Mesmo no seu único beijo, eu imaginara recebê-lo sem lábios. Estremeci: não empobrecer sua memória. Mas outro pensamento continuou lúcido e imperturbável: ele dizia que o corpo era um acessório. Não, não. Um dia olhara com repugnância e censura para minha blusa que palpitava depois da corrida para pegar o ônibus. Repugnância, não! Ele me dissera, continuava o outro pensamento frio: "Você come chocolate como se fosse a coisa mais importante do mundo. Você tem um horrível gosto pelas coisas." Ele comia como quem amarrota um pedaço de papel.

Subitamente, tive consciência de que muita gente sorriria de Daniel, com um daqueles sorrisos orgulhosos e ambíguos que os homens votam uns aos outros. Talvez eu mesma o desprezasse se não estivesse doente... A esse pensamento, qualquer coisa revoltou-se dentro de mim, estranhamente: Daniel...

Sentia-me repentinamente exausta, já sem forças para continuar. Quando o telefone tocou. Jaime, pensei. Era como se eu fugisse de Daniel... Ah, um apoio. Atendi, sôfrega.

– Alô, Jaime!

– Como sabias que era eu? – falou sua voz fanhosa e risonha.

Como se me tivessem passado água fresca sobre o rosto. Jaime. Meus nervos se relaxaram. Jaime, tu existes. És real. Tuas mãos são fortes, elas me aceitam. Tu também gostas de chocolate.

– Demoras?

– Não, filha. Telefonei para saber se queres alguma coisa da cidade.

Lutei ainda um instante para não analisar sua frase distraída. Porque ultimamente tudo eu comparava ao que de belo e profundo me dissera Daniel. E apenas sossegava, quando concordava com o Daniel invisível: sim, ele é banal, mediocremente, incrivelmente feliz...

– Não quero nada. Mas vem já, sim? (Já, querido, antes que Daniel venha, antes que eu mude, já!) Alô! Alô! Escuta, se quiseres trazer alguma coisa, compra bombons... chocolate... Sim, sim. Até logo.

Quando Dora se despediu, pus-me diante do espelho e ajeitei-me como há meses não o fazia. Mas a ansiedade tirava-me a paciência, deixava-me os olhos brilhantes, os movimentos rápidos. Seria uma prova, a prova final.

Quando ele apareceu, cessou de súbito minha inquietação. Sim, pensei profundamente aliviada, estava calma, feliz quase: Daniel não surgira. Ele notou-me a mudança no penteado, as unhas. Beijou-me despreocupado. Segurei-lhe as mãos, passei-as pelas minhas faces, pela testa.

– Que tens, Cristina? O que aconteceu?

Não respondi, mas milhares de campainhas se chocaram dentro de mim. Meu pensamento vibrou como um grito agudo: "Só isso, só isso: vou me libertar! Estou livre!"

Sentamo-nos no sofá. E no silêncio da sala, senti a paz. Nada pensava e apoiava-me em Jaime com serenidade.

– Não poderíamos ficar assim a vida inteira?

Ele riu. Alisou minhas mãos.

– Sabes? Gosto mais de ti sem verniz nas unhas...

– Deferido o pedido, meu senhor.

– Mas não foi um pedido: foi uma ordem...

Depois de novo o silêncio, ventando-me os ouvidos, os olhos, tirando-me a força. Estava bom, suavemente bom. Ele passou as mãos pelos meus cabelos.

Então, como se uma lança tivesse me trespassado as costas, entesei-me subitamente no sofá, abri os olhos, fitei-os, dilatados, no ar...

– Que foi? – perguntou-me Jaime inquieto.

Seus cabelos... Sim, sim, pensei com um ligeiro sorriso de triunfo, seus cabelos eram negros... Os olhos... Um momento... Os olhos... pretos também?

Nessa mesma noite, resolvi ir embora.

E de repente, não pensei mais no assunto, despreocupei-me, tornei agradável o serão de Jaime. Deitei-me serena e dormi até o dia seguinte, como não o fizera há muito.

Esperei que Jaime fosse ao trabalho. Mandei a criada para casa, em folga. Arrumei uma pequena mala com o essencial.

Antes de sair, no entanto, evolou-se subitamente minha serenidade. Movimentos inúteis, repetidos, pensamentos rápidos e atropelados. Parecia-me que Daniel estava junto de mim, sua presença quase palpável: "Estes teus olhos desenhados à flor do rosto, com um pincel fino, pouca tinta. Minuciosos, claros, incapazes de fazer bem ou mal..."

Numa inspiração súbita, resolvi deixar um bilhete a Jaime, um bilhete que o ferisse como Daniel o feriria! Que o deixasse perturbado, esmagado. E, apenas com o orgulho de mostrar a Daniel que eu era "forte", sem nenhum remorso, escrevi deliberadamente, tentando fazer-me longínqua e inatingível: "Vou embora. Estou cansada de viver contigo. Se não consegues compreender-me pelo menos confia em mim: digo-te que mereço ser perdoada. Se fosses mais inteligente, eu te diria: não me julgues, não perdoes, ninguém é capaz de fazê-lo. No entanto, para tua paz, perdoa-me."

Tomei silenciosamente meu lugar junto a Daniel.

Gradualmente apoderei-me de sua vida diária, substituí-o, como uma enfermeira, em seus movimentos. Cuidei de seus livros, de suas roupas, tornei mais claro o seu ambiente.

Ele não mo agradecia. Aceitava simplesmente, como aceitara minha companhia.

Quanto a mim, desde o instante em que saltando do trem aproximei-me de Daniel sem ser repelida, minha atitude foi uma só. Nem de contentamento por ele, nem de remorsos por Jaime. Nem propriamente de alívio. Era como se voltasse à minha fonte. Como se anteriormente me tivessem cortado de uma rocha, lançado à vida como mulher e eu depois retornasse à minha verdadeira matriz, como um último suspiro, os olhos fechados, serena, imobilizando-me para a eternidade.

Não refletia sobre a situação, mas quando a analisava alguma vez era sempre do mesmo modo: vivo com ele e é tudo. Permanecia junto do poderoso, do que *sabia*, isso me bastava.

Por que não durou sempre aquela morte ideal? Um pouco de clarividência, em certos momentos, advertia-me de que a paz só poderia ser passageira. Adivinhava que nem sempre me bastaria viver Daniel. E mais afundava na inexistência, concedendo-me tréguas, adiando o momento em que eu própria buscaria a vida, para *descobrir* sozinha, através de meu próprio sofrimento.

Por enquanto assistia-o apenas e repousava.

Os dias correram, os meses tombaram uns sobre os outros.

O hábito instalou-se na minha existência e já guiada por ele é que me ocupava minuto por minuto com Daniel. Já não o ouvia fremente, exaltada, como outrora. Eu nele entrara. Nada mais me surpreendia.

Nunca sorria, desaprendera da alegria. No entanto não me afastaria de sua vida nem para ser feliz. Eu não o era, nem infeliz embora. De tal modo eu me incorporara à situação que dela não mais recebia estímulos e sensações que me permitissem tonalizá-la.

Apenas um receio perturbava minha estranha paz: o de que Daniel me mandasse embora. Às vezes, cosendo silenciosamente suas roupas ao seu lado, pressentia que ele ia falar. Abandonava a costura sobre o regaço, empalidecia e esperava sua ordem:

– Pode ir.

E quando, afinal, ouvia-o dizer-me qualquer coisa ou rir de mim por algum motivo, retomava o pano e continuava o trabalho, os dedos trêmulos por alguns instantes.

O fim, no entanto, estava próximo.

Um dia em que saí cedo, por um acidente numa das estradas, demorei-me demais fora de casa. Quando voltei ao quarto, encontrei-o irritado, os olhos fixos em qualquer ponto, mudo ao meu boa-noite. Ainda não jantara e como eu, cheia de remorsos, lhe pedisse para comer alguma coisa, guardou um longo silêncio proposital e finalmente informou, perscrutando com certo prazer minha inquietação: não almoçara igualmente. Corri a fazer café, enquanto ele conservava o mesmo ar casmurro, um pouco infantil, observando de soslaio meus movimentos apressados ao preparar a mesa.

De repente abri os olhos, espantada. Pela primeira vez descobria que Daniel precisava de mim! Eu me tornara necessária ao tirano... Ele, sabia agora, não me despediria...

Lembro-me de que parei com a cafeteira na mão, desnorteada. Daniel continuava sombrio, numa queixa muda contra meu desleixo involuntário. Sorri, um pouco tímida. Então... ele precisava de mim? Não sentia alegria, mas como um desapontamento: bem, pensei, terminou minha função. Assustei-me àquela reflexão inopinada e involuntária.

Servira já o meu tempo de escrava. Talvez continuasse a sê-lo, sem revolta, até o fim da vida. Mas servia a um deus... E Daniel fraquejara, desencantara-se. Precisava de mim! repeti mil vezes depois, com a sensação de ter recebido um belo e enorme presente, grande demais para meus braços e para meu desejo. E o mais estranho é que acompanhava esta impressão uma outra, absurdamente nova e forte. Estava livre, descobri afinal...

Como entender-me? Por que de início aquela cega integração? E depois, a quase alegria da libertação? De que matéria sou feita onde se entrelaçam mas não se fundem os elementos e a base de mil outras vidas? Sigo todos os caminhos e nenhum deles é ainda o meu. Fui moldada em tantas estátuas e não me imobilizei...

Daí em diante, sem que o deliberasse, descuidei imperceptivelmente de Daniel. E já agora não aceitava seu domínio. Resignava-me apenas.

Para que narrar pequenos fatos que demonstrem minha progressiva caminhada para a intolerância e para o ódio? Sabe-se bem quanto basta para transformar a atmosfera em que vivem duas pessoas. Um pequeno gesto, um sorriso prendem-se como um anzol a um dos sentimentos que repousam enovelados no fundo das águas sossegadas e leva-o à tona, fá-lo gritar acima dos outros.

Continuamos a viver. E agora eu degustava, dia a dia, a princípio mesclado ao sabor do triunfo, o poder de olhar de frente para o ídolo.

Ele percebeu minha transformação e, se de início retraiu-se surpreso com minha coragem, retornou ao jugo antigo com mais violência, pronto a não deixar-me escapar. Encontraria porém minha própria violência. Armamo-nos e éramos duas forças.

Respirávamos mal no quarto. Movíamo-nos como que dentro do perigo, à espera de que ele se concretizasse e nos caísse em cima, pelas costas. Tornamo-nos astuciosos, procurando mil intenções ocultas em cada palavra proferida. Feríamo-nos a cada momento e estabelecemos a vitória e a derrota. Tornei-me cruel. Ele tornou-se fraco, mostrou-se como realmente era. Havia ocasiões em que por um triz não me pedia apoio, confessando o isolamento em que minha libertação o deixara e que, depois de mim, não sabia mais suportar. Eu mesma, num rápido desfalecimento de forças, desejava às vezes estender-lhe a mão. No entanto, avançáramos demasiado longe e, orgulhosos, não poderíamos recuar. Sustentava-nos, agora, a luta. Como uma criança doente, mostrava-se cada vez mais caprichoso. Qualquer palavra minha era o início de ríspida discussão. Descobrimos mais tarde outro recurso ainda: o silêncio. Mal nos falávamos.

E por que então não nos separávamos, uma vez que nenhum laço sério nos prendia? Ele não mo propunha porque se habituara à minha ajuda e igualmente não conseguiria mais viver sem alguém sobre quem exercesse poder, para quem fosse rei, desde que não o era em parte alguma. E talvez mesmo já amasse minha companhia, ele que sempre fora tão solitário. Quanto a mim – sentia prazer em odiá-lo.

Até as novas relações foram invadidas pelo hábito. (Vivi com Daniel perto de dois anos.) Já agora nem mesmo o ódio. Estávamos cansados.

Uma vez, após uma semana de chuva que nos aprisionara durante dias juntos no quarto, esgotando ao limite os nossos nervos – uma vez deu-se a conclusão.

Era um fim de tarde, precocemente sombrio. A chuva gotejava monotonamente lá fora. Pouco faláramos durante o dia. Daniel, o rosto branco sobre a "echarpe" escura do pescoço, olhava pela janela. A água embaciara os vidros; puxou o lenço e, atentamente, como se de súbito o fato crescesse de importância, pôs-se a limpá-los, os movimentos minuciosos e cuidados, traindo o esforço que lhe custava conter o enervamento. Eu o observava, de pé, junto ao sofá. O tique-taque do relógio latejava dentro do quarto, arquejante.

Então, como se continuasse uma discussão, falei para minha própria surpresa:

– Mas isto não pode continuar...

Voltou-se e me deparei com seus olhos frios, talvez curiosos, certamente irônicos. Toda minha raiva se concentrou neste momento e pesou-me no peito como uma pedra.

– De que te ris? Perguntei.

Ele continuou a fitar-me e tornou a limpar os vidros da janela. De repente, lembrou-se e respondeu:

– De ti.

Assustei-me. Como era corajoso. Senti medo da audácia com que me desafiava. Retornei pausadamente:

– Por quê?

Ele inclinou-se um pouco e seus dentes brilharam na meia escuridão. Achei-o terrivelmente belo, sem que me comovesse a descoberta.

– Por quê? Ah, porque... É que tu e eu... indiferentes ou com ódio... Essa discussão que não se liga propriamente a nós, que não nos faz vibrar... Uma desilusão.

– Mas por que de mim, então? – Continuei obstinada. – Não somos dois?

Limpou uma gotinha que escorrera pelo parapeito.

– Não. Estás só. Sempre estiveste só.

Seria apenas um meio de me ferir? Surpreendi-me entretanto, assustei-me como se tivesse sido roubada. Meu Deus, então... nenhum dos dois acreditava mais naquilo que nos prendia?

– Tens medo da verdade? Nem sentimos ódio um pelo outro. Assim seríamos quase felizes. Seres de conteúdo forte. Queres uma prova? Não me matarias, porque depois não sentirias nem prazer nem dor. Apenas isso: pra quê?

Eu não podia deixar de notar a inteligência com que ele penetrava a verdade. Mas como as coisas se precipitaram, como se precipitaram! pensava.

Fez-se silêncio. O relógio bateu seis horas. De novo o silêncio.

Respirei com força, profundamente. Minha voz saiu baixa e pesada:

– Vou embora.

Tivemos os dois um pequeno movimento rápido, como se uma luta devesse começar. Depois encaramo-nos supresos. Estava dito! Estava dito!

Repeti triunfante, trêmula:

– Vou embora, Daniel. – Aproximei-me e sobre a palidez de seu rosto fino, os cabelos pareciam excessivamente negros. – Daniel – sacudi-o pelo braço –, vou embora!

Ele não se moveu. Tive então consciência de que minha mão agarrava seu braço. A minha frase abrira tal distância entre nós que eu não suportava sequer seu contato. Retirei-a com um movimento tão brusco e súbito que o cinzeiro voou longe, espedaçou-se no chão.

Fiquei um tempo olhando os cacos. Levantei depois a cabeça, subitamente serenada. Também ele imobilizara-se, como fascinado pela rapidez da cena, esquecido de qualquer máscara. Encaramo-nos um momento, sem cólera, os olhos desarmados, procurando, cheios agora de curiosidade quase amiga, o fundo de nossas almas, o nosso mistério que deveria ser o mesmo. Desviamos o olhar ao mesmo tempo, perturbados.

– Os encarcerados – disse Daniel tentando emprestar um tom ligeiro e desdenhoso às palavras.

Foi o último instante de simpatia que tivemos juntos.

Houve longuíssima pausa, daquelas que nos mergulham na eternidade. Tudo parara ao redor de nós.

Com um novo suspiro, retornei à vida.

– Vou embora.

Ele não teve um gesto.

Caminhei para a porta e na soleira estaquei novamente. Via-lhe as costas, a cabeça escura erguida, como se ele olhasse para a frente. Repeti, a voz singularmente oca:

– Vou embora, Daniel.

Minha mãe morrera de um ataque de coração, ocasionado pela minha partida. Papai refugiara-se junto ao meu tio, no interior do estado.

Jaime aceitou-me de volta.

Nunca me fez muitas perguntas. Ele desejava sobretudo a paz. Regressamos à antiga vida, embora ele nunca mais se aproximasse inteiramente de mim. Adivinhava-me diferente dele e o meu "deslize" atemorizava-o, fazia-o respeitar-me.

Quanto a mim, continuo.

Já agora sozinha. Para sempre sozinha.

Outubro 1941

O DELÍRIO

O dia está alto e forte quando se levanta. Procura os chinelos embaixo da cama, tateando com os pés, enquanto se aconchega no pijama de flanela. O sol começa a cobrir o guarda-roupa, refletindo no chão o largo quadrado da janela.

Sente a cabeça endurecida na nuca, os movimetos tão difíceis. Os dedos dos pés são qualquer coisa gelada, impessoal. E os maxilares presos, cerrados. Vai até a pia, enche as mãos de água, bebe avidamente e ela se balança dentro dele como num frasco vazio. Molha a testa e respira desafogado.

Da janela enxerga a rua clara e movimentada. Guris brincam de botão à porta da Confeitaria Mascote, um carro buzina junto ao botequim. As mulheres, de sacola na mão, suadas, vêm da feira. Pedaços de nabos e alfaces se misturam à poeira da rua estreita. E o sol, puro e cruel, espalhado por cima de tudo.

Afasta-se com desgosto. Volta para dentro, olha a cama desfeita, tão familiar após a noite insone... A Virgem-Mãe agora se destaca, nítida e dominadora, sob a luz do dia. Com as sombras, ela também um vulto, é mais fácil descrer. Vai andando devagar, arrastando as pernas moles, levanta os lençóis, bate no travesseiro e mete-se lá dentro, com um suspiro. Torna-se tão humilde diante da rua viva e do sol indiferente... Na sua cama, no seu quarto, os olhos fechados, ele é rei.

Encolhe-se profundamente, como se lá fora chovesse, chovesse, e aqui uns braços silenciosos e mornos atraíssem-no e o transformassem num menino pequeno, pequeno e morto. Morto. Ah, é o delírio... É o delírio. Uma luz muito doce se espalha sobre a Terra como um perfume. A lua dilui-se lentamente e um sol-menino espreguiça os braços translúcidos... Frescos murmúrios de águas puras que se abandonam aos declives. Um par de asas dança na atmosfera rosada. Silêncio, meus amigos. O dia vai nascer.

Um queixume longínquo vem subindo do corpo da Terra... Há um pássaro que foge, como sempre. E ela, arquejante, rompe-se de súbito com estrondo, numa ferida larga... Larga como o Oceano Atlântico e não como um rio louco! Vomita borbotões de barro a cada grito.

Então o sol apruma o tronco e surge inteiro, poderoso, sangrento. Silêncio, amigos. Meus grandes e nobres amigos, ides assistir a uma luta milenar. Silêncio. S-s-s-s...

Da Terra rasgada e negra, surgem um a um, leves como o sopro de uma criança adormecida, pequenos seres de luz pura, mal pousando no solo os pés transparentes... Cores lilases flutuam no espaço como borboletas. Delgadas flautas erguem-se para o céu e melodias frágeis rebentam no ar como bolhas. As róseas formas continuam a brotar da terra ferida.

De repente, novo rugido. A Terra está tendo filhos? As formas dissolvem-se no ar, assustadas. Corolas murcham e as cores escurecem. E a Terra, os braços contraídos de dor, abre-se em novas fendas negras. Um forte cheiro de barro machucado arrasta-se em densa fumaça.

Um século de silêncio. E as luzes reaparecem tímidas, ainda trêmulas. Das grutas resfolegantes e sangrentas nascem outros seres, ininterruptamente. O sol esgarça as nuvens e respinga morno brilho. As flautas desfiam cantos agudos como suaves gargalhadas e as criaturas ensaiam uma dança levíssima... Sobre as feridas escuras pululam flores miúdas e cheirosas...

A Terra continuamente exaurida murcha, murcha em dobras e rugas de carne morta. A alegria dos nascidos está no auge e o ar é puro som. E a Terra envelhece rápida... Novas cores emergem dos rasgões profundos. O globo gira agora lentamente, lentamente, cansado. Morrendo. Um pequeno ser de luz nasce ainda, como um suspiro. E a Terra se some.

Seus filhos se assustam... interrompem as melodias e as danças ligeiras... Esbatem no ar as asas finas num zumbido confuso.

Um momento ainda brilham. Depois desfalecem exaustos e em cega linha reta afundam vertiginosamente no Espaço...

A vitória de quem foi? Ergue-se um homem pequenino, da última fila. Diz, a voz em eco, estranhamente perdida:

– Eu posso informar quem ganhou.

Todos gritam, subitamente furiosos.

– A galeria não se manifesta! A galeria não se manifesta!

O homenzinho intimida-se, porém continua:

– Mas eu sei! Eu sei: a vitória foi da Terra. Foi a sua vingança, foi a vingança...

Todos choram. "Foi a vingança" aproxima-se, aproxima-se, agiganta-se perto de todos os ouvidos até que, enorme, rebenta em raivoso fragor. E no silêncio brusco, o espaço é subitamente cinzento e morto.

Abre os olhos. A primeira coisa que vê é um pedaço de madeira branca. Olhando para adiante enxerga novas tábuas, todas iguais. E no meio de tudo, pendente, um esquisito animal que brilha, brilha e enfia as unhas compridas e cintilantes pelas suas pupilas, até atingir a nuca. É verdade que se abaixar as pálpebras, a aranha recolhe as unhas e reduz-se a uma nódoa vermelha e móvel. Mas é uma questão de honra. Quem deve se retirar é o monstro. Grita e aponta:

– Saia! Você é de ouro, mas saia!

A moça morena, de vestido claro, levanta-se e diz:

– Coitadinho. A luz está incomodando.

Torce o comutador. Ele se sente humilhado, profundamente humilhado. Então? Seria tão fácil explicar que era uma lâmpada... Só para feri-lo. Volta a cabeça para a parede e começa a chorar. A moça morena dá um gritinho:

– Mas não faça isso, meu bem!

Passa a mão pela sua testa, alisa-a devagar. Mão fresca, pequena, que vai deixando atrás de si um pedaço onde não fica mais pensamento. Tudo seria bom se as portas não batessem tanto. Ele diz:

– A Terra murchou, moça, murchou. Eu nem sabia que dentro dela tinha tanta luz...

– Mas eu já apaguei... Veja se dorme.

– Você apagou? – procura enxergá-la através do escuro. – Não, ela apagou-se por si mesma. Agora eu só queria saber isto: se ela pudesse ter escolhido, negar-se-ia a criar, somente para não morrer?

– Coitado... Você está mas é com muita febre. Se dormisse na certa melhorava.

– Depois ela se vingou. Porque os seres criados sentiam-se tão superiores, tão livres que imaginaram poder passar sem ela. Ela sempre se vinga.

A moça morena agora mistura seus dedos com os seus cabelos úmidos, revolve-lhe as ideias com movimentos suaves. Ele pega-lhe no braço, desfia seus dedos por aqueles dedos finos. A palma é macia. Junto da unha um pouco áspero. Encosta a boca no seu dorso e vai passando-a por todos os caminhos, minuciosamente, os olhos muitos abertos na escuridão. A mão procura fugir. Ele a retém. Ela fica. O pulso. Fino e tenro, faz tic-tic-tic. É uma pombinha que ele aprisionou. A pombinha está assustada e seu coração faz tic-tic-tic.

– Este é um momento? Pergunta em voz bem alta. Não, já não é mais. E este? Já agora também não. Só se tem o momento que vem. O presente já é passado. Estire os cadáveres dos momentos mortos em cima da cama. Cubra-os com um lençol alvo, ponha-os num caixão de menino. Eles morreram crianças ainda, sem pecado. Eu quero momentos adultos!... Moça, aproxime-se, eu quero lhe confiar um segredo: moça, que é que eu faço? Me ajude, que minha terra está murchando... Depois o que vai ser de minha luz?

O quarto está tão escuro. Onde a Virgem-Mãe que a tia meteu-lhe na mala, antes da partida? Onde está? Sente a princípio alguma coisa movendo-se junto dele. Então na sua boca enxuta dois lábios frescos pousam de leve, depois com mais firmeza. Agora seus olhos já não queimam. Agora suas têmporas deixam de latejar porque duas borboletas úmidas pairam sobre elas. Voam em seguida.

Ele se sente bem, com muito, muito sono...

– Moça...

Adormece.

Está agora no terraço do quarto de D. Marta, o que dá para o grande quintal. Levaram-no para lá, sentaram-no sobre uma espreguiçadeira de vime, um cobertor enrolado nos pés. Apesar de ter sido carregado como um bebê, cansou-se. Pensa que mesmo um incêndio não o faria levantar-se agora. D. Marta enxuga as mãos no avental.

– Então, seu moço, como vai de pernas? A pensão é minha, faço gosto em que o senhor more aqui. Mas, negócio de lado, eu lhe aconselharia a voltar para o Norte. Só a família mesmo pregaria o senhor do descanso, com hora certa de dormir e de comer... O doutor não gostou quando eu contei que o senhor ficava de luz acesa até de madrugada, lendo, escrevendo... Não é só por causa da eletricidade, mas, Deus nos valha, isso não é vida de gente...

Ele mal presta atenção. Não pode pensar muito, a cabeça fica oca de repente. Os olhos se afundam, cansados.

D. Marta pisca um olho.

– Minha afilhada veio fazer outra visitinha...

A moça entra. Ele olha-a. Ela se confunde, cora. Que houve, então? Ele sente nas mãos o toque de uma pele meio áspera. Na testa... Nos lábios... Olha-a com fixidez. Que aconteceu? Seu coração se acelera, pulsa com força. A moça sorri. Ficam calados e sentem-se bem.

Sua presença foi como uma suave sacudidela. Já agora a melancolia o abandona e, mais leve, tem prazer em se estirar sobre a cadeira. Estende as pernas, afasta o cobertor. Não faz mais frio e a cabeça não está tão vazia. É verdade que há também a fadiga que o prende ao assento, molemente, na mesma posição. Mas a ela abandona-se volutuosamente, observando com benevolência aquele seu desejo confuso de respirar muito, bem forte, de se descobrir ao sol, de pegar na mão da moça.

Há tanto tempo não se enxerga, nada se concede... É jovem, afinal, é jovem... Sorri, de pura alegria, quase infantil. Qualquer coisa suave brota do peito em ondas concêntricas e espalha-se por todo o corpo como vagas musicais. E o bom cansaço... Sorri para a moça, olha-a reconhecido, deseja-a levemente. Por que não? Uma aventura, sim... D. Marta tem razão. E seu corpo também reclama direitos...

– Você me fez antes alguma visita? – arrisca.

Ela diz que sim. Compreendem-se. Sorriem.

Ele respira mais profundamente, contente consigo mesmo. Pergunta animado:

– Você se lembra quando o homenzinho da última fila ergueu-se e disse: "Eu sei... e..."

Para assustado. O que está dizendo? Frases loucas que lhe escaparam, sem raízes... Então? Os dois ficam sérios. Ela, agora retraída, diz polidamente, com frieza:

– Não se assuste. O senhor teve muita febre, delirou... É natural que não se lembre do delírio... nem de nada mais.

Ele a encara desapontado.

– Ah, o delírio. Você desculpe, no fim a gente não sabe o que aconteceu mesmo e o que foi mentira...

Ela agora é uma estranha. Fracasso. Olha-a de trás, observa seu perfil vulgar, delicado.

Mas aquela moleza no corpo... O calor.

– Pois eu me lembro de tudo – diz de repente, resolvido a tentar a aventura de qualquer modo.

Ela se perturba, enrubesce de novo.

– Como...?

– Sim – diz mais calmo e subitamente quase com indiferença. – Lembro-me de tudo.

Ela sorri. Mal sabe, pensa ele, quanto significa-lhe este sorriso: uma ajuda para que ele entre por um caminho mais cômodo, em que se permita mais... D. Marta talvez tenha razão e, com a suavidade da convalescença, concorda com ela. Sim, pensa um pouco relutante, ser mais humano, despreocupar-se, viver. Corresponde ao olhar da moça.

No entanto, não experimenta alívio especial após a resolução de seguir uma vida mais fácil. Sente pelo contrário uma ligeira impaciência, uma vontade de se esgueirar como se o estivessem empurrando. Invoca um pensamento poderoso que o faça pousar sossegado sobre a ideia de se modificar: mais uma doença dessas e talvez fique inutilizado.

Continua porém inquieto, numa fadiga prévia pelo que se seguirá. Procura a paisagem, insatisfeito subitamente, sem saber por quê. O terraço sombreia-se. Onde está o sol? Tudo escureceu, faz frio. Há um momento em que sente a escuridão mesmo dentro de si, um vago desejo de se diluir, de desaparecer. Não deseja pensar, não pode pensar. Sobretudo, nada resolver por enquanto – adia, covarde. Ainda está doente.

O terraço dá para o arvoredo compacto. Na meia-luz, as árvores se balançam e gemem como velhinhas conformadas. Ah, ele se aprofundará na cadeira infinitamente, suas pernas se desmancharão, nada restará dele...

O sol reaparece. Sai de trás da nuvem vagarosamente e surge inteiro, poderoso, sangrento... Respinga brilho sobre o bosquezinho. E agora seu sussurro é o canto suavíssimo de uma flauta transparente, erguida para o céu...

Endireita-se sobre a cadeira, um pouco surpreendido, deslumbrado. Pensamentos alvoroçados se entrecruzam de repente em sua cabeça...

Sim, por que não? Mesmo o fato de a moça morena... Todo o delírio surge-lhe ante os olhos? Como um quadro... Sim, sim... Anima-se. Mas que material poético encerra... "A Terra está tendo filhos." E a dança dos seres sobre as feridas abertas? O calor volta-lhe ao corpo em leves ondas.

– Faça-me um favor – diz avidamente –, chame D. Marta...

Ela vem.

– Quer-me trazer um caderno que está em cima de minha mesa? E um lápis também...

– Mas... O senhor agora não pode trabalhar... Mal se levantou da cama... Está magro, pálido, parece que chuparam todo o sangue de dentro...

Ele para, de súbito pensativo. E principalmente se ela soubesse que esforço lhe custava escrever... Quando começava, todas as suas fibras eriçavam-se, irritadas e magníficas. E enquanto não cobria o papel com suas letras nervosas, enquanto não sentia que elas eram o seu prolongamento, não cessava, esgotando-se até o fim... "A Terra, os braços contraídos de dor..." Sim, sua cabeça já está dolorida, pesada. Mas poderia conter sua luz, para poupar-se?

Sorri um sorriso triste, um nada orgulhoso talvez, pedindo desculpas a D. Marta. À moça, pela aventura frustrada. A si mesmo, sobretudo.

– Não, a Terra não pode escolher – conclui ambiguamente. Mas depois se vinga.

D. Marta balança a cabeça. Vai buscar lápis e papel.

Julho 1940

A FUGA

Começou a ficar escuro e ela teve medo. A chuva caía sem tréguas e as calçadas brilhavam úmidas à luz das lâmpadas. Passavam pessoas de guarda-chuva, impermeável, muito apressadas, os rostos cansados. Os automóveis deslizavam pelo asfalto molhado e uma ou outra buzina tocava maciamente.

Quis sentar-se num banco do jardim, porque na verdade não sentia a chuva e não se importava com o frio. Só mesmo um pouco de medo, porque ainda não resolvera o caminho a tomar. O banco seria um ponto de repouso. Mas os transeuntes olhavam-na com estranheza e ela prosseguia na marcha.

Estava cansada. Pensava sempre: "Mas que é que vai acontecer agora?" Se ficasse andando. Não era solução. Voltar para casa? Não. Receava que alguma força a empurrasse para o ponto de partida. Tonta como estava, fechou os olhos e imaginou um grande turbilhão saindo do "Lar Elvira", aspirando-a violentamente e recolocando-a junto da janela, o livro na mão, recompondo a cena diária. Assustou-se. Esperou um momento em que ninguém passava para dizer com toda a força: "Você não voltará." Apaziguou-se.

Agora que decidira ir embora tudo renascia. Se não estivesse tão confusa, gostaria infinitamente do que pensara ao cabo de duas horas: "Bem, as coisas ainda existem." Sim, simplesmente extraordinária a descoberta. Há doze anos era casada e três horas de liberdade restituíam-na quase inteira a si mesma: – primeira coisa a fazer era ver se as coisas ainda existiam. Se representasse num palco essa mesma tragédia, se apalparia, beliscaria para saber-se desperta. O que tinha menos vontade de fazer, porém, era de representar.

Não havia, porém, somente alegria e alívio dentro dela. Também um pouco de medo e doze anos.

Atravessou o passeio e encostou-se à murada, para olhar o mar. A chuva continuava. Ela tomara o ônibus na Tijuca e saltara na Glória. Já andara para além do Morro da Viúva.

O mar revolvia-se forte e, quando as ondas quebravam junto às pedras, a espuma salgada salpicava-a toda. Ficou um momento pensando se aquele trecho seria fundo, porque tornava-se impossível adivinhar: as águas escuras, sombrias, tanto poderiam estar a centímetros da areia quanto esconder o infinito. Resolveu tentar de novo aquela brincadeira, agora que estava livre. Bastava olhar demoradamente para dentro d'água e pensar que aquele mundo não tinha fim. Era como se estivesse se afogando e nunca encontrasse o fundo do mar com os pés. Uma angústia pesada. Mas por que a procurava então?

A história de não encontrar o fundo do mar era antiga, vinha desde pequena. No capítulo da força da gravidade, na escola primária, inventara um homem com uma doença engraçada. Com ele a força da gravidade não pegava... Então ele caía para fora da terra, e ficava caindo sempre, porque ela não sabia lhe dar um destino. Caía onde? Depois resolvia: continuava caindo, caindo e se acostumava, chegava a comer caindo, dormir caindo, viver caindo, até morrer. E continuaria caindo? Mas nesse momento a recordação do homem não a angustiava e, pelo contrário, trazia-lhe um sabor de liberdade há doze anos não sentido. Porque seu marido tinha uma propriedade singular: bastava sua presença para que os menores movimentos de seu pensamento ficassem tolhidos. A princípio, isso lhe trouxera certa tranquilidade, pois costumava cansar-se pensando em coisas inúteis, apesar de divertidas.

Agora a chuva parou. Só está frio e muito bom. Não voltarei para casa. Ah, sim, isso é infinitamente consolador. Ele ficará surpreso? Sim, doze anos pesam como quilos de chumbo. Os dias se derretem, fundem-se e formam um só bloco, uma grande âncora. E a pessoa está perdida. Seu olhar adquire um jeito de poço fundo. Água escura e silenciosa. Seus gestos tornam-se brancos e ela só tem um medo na vida: que alguma coisa venha transformá-la. Vive atrás de uma janela, olhando pelos vidros a estação das chuvas cobrir a do sol, depois tornar o verão e ainda as chuvas de novo. Os desejos são fantasmas que se diluem mal se acende a lâmpada do bom senso. Por que é que os maridos são o bom senso? O seu é particularmente sólido, bom e nunca erra. Das pessoas que só usam uma marca de lápis e dizem de cor o que está escrito na sola dos sapatos. Você pode perguntar-lhe sem receio qual o horário dos trens, o jornal de maior circulação e mesmo em que região do globo os macacos se reproduzem com maior rapidez.

Ela ri. Agora pode rir... Eu comia caindo, dormia caindo, vivia caindo. Vou procurar um lugar onde pôr os pés...

Achou tão engraçado esse pensamento que se inclinou sobre o muro e pôs-se a rir. Um homem gordo parou a certa distância, olhando-a. Que é que eu faço? Talvez chegar perto e dizer: "Meu filho, está chovendo." Não. "Meu filho, eu era uma mulher casada e sou agora uma mulher." Pôs-se a caminhar e esqueceu o homem gordo.

Abre a boca e sente o ar fresco inundá-la. Por que esperou tanto tempo por essa renovação? Só hoje, depois de doze séculos. Saíra do chuveiro frio, vestira uma roupa leve, apanhara um livro. Mas hoje era diferente de todas as tardes dos dias de todos os anos. Fazia calor e ela sufocava. Abriu todas as janelas e as portas. Mas não: o ar ali estava, imóvel, sério, pesado. Nenhuma viração e o céu baixo, as nuvens escuras, densas.

Como foi que aquilo aconteceu? A princípio apenas o mal-estar e o calor. Depois qualquer coisa dentro dela começou a crescer. De repente, em movimentos pesados, minuciosos, puxou a roupa do corpo, estraçalhou-a, rasgou-a em longas tiras. O ar fechava-se em torno dela, apertava-a. Então um forte estrondo abalou a casa. Quase ao mesmo tempo, caíam grossos pingos d'água, mornos e espaçados.

Ficou imóvel no meio do quarto, ofegante. A chuva aumentava. Ouvia seu tamborilar no zinco do quintal e o grito da criada recolhendo a roupa. Agora era como um dilúvio. Um vento fresco circulava pela casa, alisava seu rosto quente. Ficou mais calma, então. Vestiu-se, juntou todo o dinheiro que havia em casa e foi embora.

Agora está com fome. Há doze anos não sente fome. Entrará num restaurante. O pão é fresco, a sopa é quente. Pedirá café, um café cheiroso e forte. Ah, como tudo é lindo e tem encanto. O quarto do hotel tem um ar estrangeiro, o travesseiro é macio, perfumada a roupa limpa. E quando o escuro dominar o aposento, uma lua enorme surgirá, depois dessa chuva, uma lua fresca e serena. E ela dormirá coberta de luar...

Amanhecerá. Terá a manhã livre para comprar o necessário para a viagem, porque o navio parte às duas horas da tarde. O mar está quieto, quase sem ondas. O céu de um azul violento, gritante. O navio se afasta rapidamente... E em breve o silêncio. As águas cantam no casco, com suavidade, cadência... Em torno, as gaivotas esvoaçam, brancas espumas fugidas do mar. Sim, tudo isso!

Mas ela não tem suficiente dinheiro para viajar. As passagens são tão caras. E toda aquela chuva que apanhou, deixou-lhe um frio agudo por dentro. Bem que pode ir a um hotel. Isso é verdade. Mas os hotéis do Rio não são próprios para uma senhora desacompanhada, salvo os de primeira classe. E nestes pode talvez encontrar algum conhecido do marido, o que certamente lhe prejudicará os negócios.

Oh, tudo isso é mentira. Qual a verdade? Doze anos pesam como quilos de chumbo e os dias se fecham em torno do corpo da gente e apertam cada vez mais. Volto para casa. Não posso ter raiva de mim, porque estou cansada. E mesmo tudo está acontecendo, eu nada estou provocando. São doze anos.

Entra em casa. É tarde e seu marido está lendo na cama. Diz-lhe que Rosinha esteve doente. Não recebeu seu recado avisando que só voltaria de noite? Não, diz ele.

Toma um copo de leite quente porque não tem fome. Veste um pijama de flanela azul, de pintinhas brancas, muito macio mesmo. Pede ao marido que apague a luz. Ele beija-a no rosto e diz que o acorde às sete horas em ponto. Ela promete, ele torce o comutador.

Dentre as árvores, sobe uma luz grande e pura.

Fica de olhos abertos durante algum tempo. Depois enxuga as lágrimas com o lençol, fecha os olhos e ajeita-se na cama. Sente o luar cobri-la vagarosamente.

Dentro do silêncio da noite, o navio se afasta cada vez mais.

Rio 1940

MAIS DOIS BÊBEDOS

Surpreendi-me. Não é que abusava de minha boa vontade? Por que mantinha ele um ar de tão denso mistério? Podia contar seus segredos sem receio de qualquer julgamento. Meu estado de embriaguez me inclinava especialmente à benevolência e além disso, afinal, ele não passava de um estranho qualquer... Por que não falava ele de sua vida com a objetividade com que pedira o copo de chopp ao garçom?

Recusava-me a conceder-lhe o direito de ter uma alma própria, cheia de preconceitos e de amor por si mesmo. Um destroço daqueles, com a inteligência suficiente para saber que era um destroço, não deveria ter claros e escuros, como eu, que podia contar minha vida desde o tempo em que meus avós ainda não se conheciam. Eu possuía o direito de ter pudor e de não me revelar. Era consciente, sabia que ria, que sofria, lera obras sobre o budismo, fariam um epitáfio sobre meu túmulo quando morresse. E embebedava-me não puramente, mas com um objetivo: Eu era alguém.

Mas aquele homem que jamais sairia de seu estreito círculo, nem bastante feio, nem bastante bonito, o queixo fugitivo, tão importante como um cão trotando – que pretendia com seu arrogante silêncio? Não o interrogara várias vezes? Ele me ofendia. Mais um instante, não suportaria sua insolência, fazendo-lhe ver que deveria agradecer minha aproximação, porque do contrário nunca eu saberia de sua existência. No entanto, ele persistia em seu mutismo, sem sequer emocionar-se com a oportunidade de viver.

Naquela noite, eu já bebera bastante. Andava de bar em bar, até que, excessivamente feliz, temi ultrapassar-me: estava por demais ajustado em mim mesmo. Procurei um meio de me derramar um pouco, antes que transbordasse inteiramente.

Liguei o telefone e esperei, mal respirando de impaciência:

– Alô, Ema!

– Oh, meu bem, a essa hora!

Desliguei. Era mentira? O tom era verdadeiro, a energia, a beleza, o amor, aquela ânsia de dar meu excesso eram verdadeiros. Só era mentira a frase imaginada tão sem esforço.

No entanto não estava contente ainda. Ema tinha vaga ideia de que eu era diferente e debitava nessa conta tudo que de estranho eu pudesse fazer. De tal modo me aceitava, que eu ficava só quando estávamos juntos. E naquele momento evitava precisamente a solidão que seria uma bebida forte demais.

Andei pelas ruas, pensando: escolherei alguém que nunca tenha imaginado me merecer.

Procurei um homem ou uma mulher. Mas ninguém me agradava particularmente. Todos pareciam bastar-se, rodar dentro de seus próprios pensamentos. Ninguém precisava de mim.

Até que o vi. Igual a todos. Mas tão igual a todos que formavam um tipo. Este, resolvi, este.

E... ei-lo! Embriagado à custa de meu dinheiro e... silencioso, como se nada me devesse...

Movíamo-nos lentamente, as raras palavras – vagas, soltas, sob a luz fraca do botequim que prolongava os rostos em sombras. Ao redor de nós, algumas pessoas jogavam, bebiam, conversavam, em um tom mais forte. O torpor amolecia, sem cintilações. Talvez por isso ele custasse tanto a falar. Mas alguma coisa dizia-me que ele não estava tão embriagado e que silenciava simplesmente por não reconhecer minha superioridade.

Eu bebia devagar, os cotovelos sobre a mesa, perscrutando-o. Quanto ao outro – abandonara-se na cadeira, os pés estirados, atingindo os meus, os braços largados sobre a mesa.

– Então? – disse eu impaciente.

Ele pareceu despertar, olhou para os lados e retomou:

– Então... então... nada.

– Mas o senhor estava falando sobre seu filho!...

Ele olhou-me um instante. Depois sorriu:

– Ah, sim. Pois é, ele está mal.

– Que é que ele tem?

– Angina, o farmacêutico disse angina.

– Com quem está o menino?

– Junto da mãe.

– E o senhor não fica junto dela?

– Pra quê?

– Meu Deus... Pelo menos para sofrer com ela... O senhor é casado com a moça?

– Não, não sou casado não.

– Que desgraça! – disse eu, embora sem saber em que consistia ela propriamente. – Precisamos fazer alguma coisa. Imagine se o filho morre, ela fica sozinha...

Ele não se emocionava.

– Imagine-a de olhos ardentes, junto da criança. A criança estertorando, morrendo. Morre. Sua cabecinha está torta, os olhos abertos, fixos na parede, obstinadamente. Tudo está em silêncio e a moça não sabe o que fazer. O menino morreu e ela de repente ficou desocupada. Cai sobre a cama, chorando, rasgando a roupa: "Meu filho, meu pobre filho! É a morte, é a morte!" Os ratos da casa se assustam e começam a correr pelo quarto. Sobem pelo rosto de seu filho, ainda quente, roem sua boquinha. A mulher dá um grito e desmaia, durante duas horas. Os ratos também visitam o seu corpo, alegres, rápidos, os dentinhos roendo aqui e ali.

Estava tão imerso na descrição que me esquecera do homem. Olhei-o de repente e surpreendi sua boca aberta, o queixo encostado no peito, ouvindo.

Sorri triunfante.

– Ela acorda do desmaio e nem sabe onde está. Olha de um lado para outro, levanta-se e os ratos fogem. Então surpreende o menino morto. Dessa vez não chora. Senta-se numa cadeira, junto da caminha e ali fica sem pensar, sem se mover. Os vizinhos estranhando a falta de notícias, batem à sua porta. Ela atende a todos muito delicadamente e diz: "Ele está melhor." Os vizinhos entram e veem que ele morreu. Temem que ela ainda não saiba e preparam o choque, dizendo: "Quem sabe se é bom chamar o farmacêutico?" Ela responde: "Pra quê? pois se ele morreu." Então todos ficam tristes e tentam chorar. Dizem: "É preciso cuidar do enterro." Ela responde: "Pra quê? pois se ele já morreu." Dizem: "Vamos chamar um padre." Ela responde: "Pra quê? pois se ele já morreu." Os vizinhos se assustam e pensam que ela está louca. Não sabem o que fazer. E como não têm nada com a história, vão dormir. Ou talvez seja assim: o menino morra e ela seja como o senhor, lisa de sentimentos, e não ligue muito. Praticamente de ataraxia, sem o saber. Ou o senhor não sabe o que é ataraxia?

A cabeça deitada sobre os braços, ele não se movia. Por um instante, assustei-me. E se estivesse morto? Sacudi-o com força e ele ergueu a cabeça, mal conseguindo fitar-me com os olhos sonolentos. Adormecera. Olhei-o zangado.

– Ah, então...

– O quê? – Tirou um palito do paliteiro e meteu-o na boca, devagar, completamente bêbedo.

Rompi numa gargalhada.

– O senhor está louco? Pois se não comeu nada!...

A cena me pareceu tão cômica que me torci de rir. As lágrimas já me chegavam aos olhos e escorriam pelo rosto. Algumas pessoas voltaram a cabeça para meu lado. Já não tinha mais vontade de rir e no entanto continuava. Já pensava em outra coisa e no entanto ria sem parar. Estaquei de súbito.

– O senhor está brincando comigo? Pensa que vou abandoná-lo, assim, pacificamente? Deixá-lo continuar um caminho fácil, mesmo depois de ter se chocado comigo? Ah, nunca. Se for preciso, farei confissões. Contarei tanta coisa... Mas talvez o senhor não compreenda: somos diferentes. Sofro, em mim os sentimentos estão solidificados, diferenciados, já nascem com rótulo, conscientes de si mesmos. Quanto ao senhor... Uma nebulosa de homem. Talvez seu bisneto já consiga sofrer mais... Isso não importa, porém: quanto mais difícil a tarefa, mais atraente, como disse Ema antes de nosso noivado. Por isso vou jogar meu anzol dentro do senhor. Talvez ele se ligue ao germe do seu bisneto sofredor. Quem sabe?
– É – disse ele.
Debrucei-me sobre a mesa, procurando-o com fúria:
– Escute-me, amigo, a lua está alta no céu. Você não tem medo? O desamparo que vem da natureza. Esse luar, pense bem, esse luar mais branco que o rosto de um morto, tão distante e silencioso, esse luar assistiu aos gritos dos primeiros monstros sobre a terra, velou sobre as águas apaziguadas dos dilúvios e das enchentes, iluminou séculos de noites e apagou-se em seculares madrugadas... Pense, meu amigo, esse luar será o mesmo espectro tranquilo quando não mais existirem as marcas dos netos dos seus bisnetos. Humilhe-se diante dele. Você apareceu um instante e ele é sempre. Não sofre, amigo? Eu... eu por mim não suporto. Dói-me aqui, no centro do coração, ter que morrer um dia e, milhares de séculos depois, indiferenciado em húmus, sem olhos para o resto da eternidade, eu, EU, sem olhos para o resto da eternidade... e a lua indiferente e triunfante, mãos pálidas estendidas sobre novos homens, novas coisas, outros seres. E eu Morto! – respirei profundamente. – Pense, amigo. Agora mesmo ela está sobre o cemitério também. O cemitério, lá onde dormem todos os que foram e nunca mais serão. Lá, onde o menor sussurro arrepia um vivo de terror e onde a tranquilidade das estrelas amordaça nossos gritos e estarrece nossos olhos. Lá, onde não se tem lágrimas nem pensamentos que exprimam a profunda miséria de acabar.

Debrucei-me sobre a mesa, escondi o rosto nas mãos e chorei. Dizia baixinho:

– Não quero morrer! Não quero morrer...

Ele, o homem, mexia com o palito nos dentes.

– Mas se o senhor nada comeu – insisti, enxugando os olhos.

– O quê?

– "O quê" o quê?

– Hein?

– Mas, meu Deus, "hein" o quê?

– Ah...

– O senhor não tem vergonha?

– Eu?

– Ouça, vou dizer mais: eu queria morrer vivo, descendo ao meu próprio túmulo e eu mesmo fechá-lo, com uma pancada seca. E depois enlouquecer de dor na escuridão da terra. Mas não a inconsciência.

Ele continuava com o palito na boca.

Depois foi muito bom porque o vinho estava misturando-se. Peguei também um palito e segurei-o entre os dedos como se fosse fumá-lo.

– Eu fazia assim em pequeno. E o prazer era maior do que o atual, quando fumo realmente.

– É claro.

– É claro coisa alguma... Não estou pedindo aprovação.

As palavras vagas, as frases arrastadas sem significado... Tão bom, tão suave... Ou era o sono?

De repente, ele tirou o palito da boca, os olhos piscando, os lábios trêmulos como se fosse chorar, disse:

Dezembro 1941

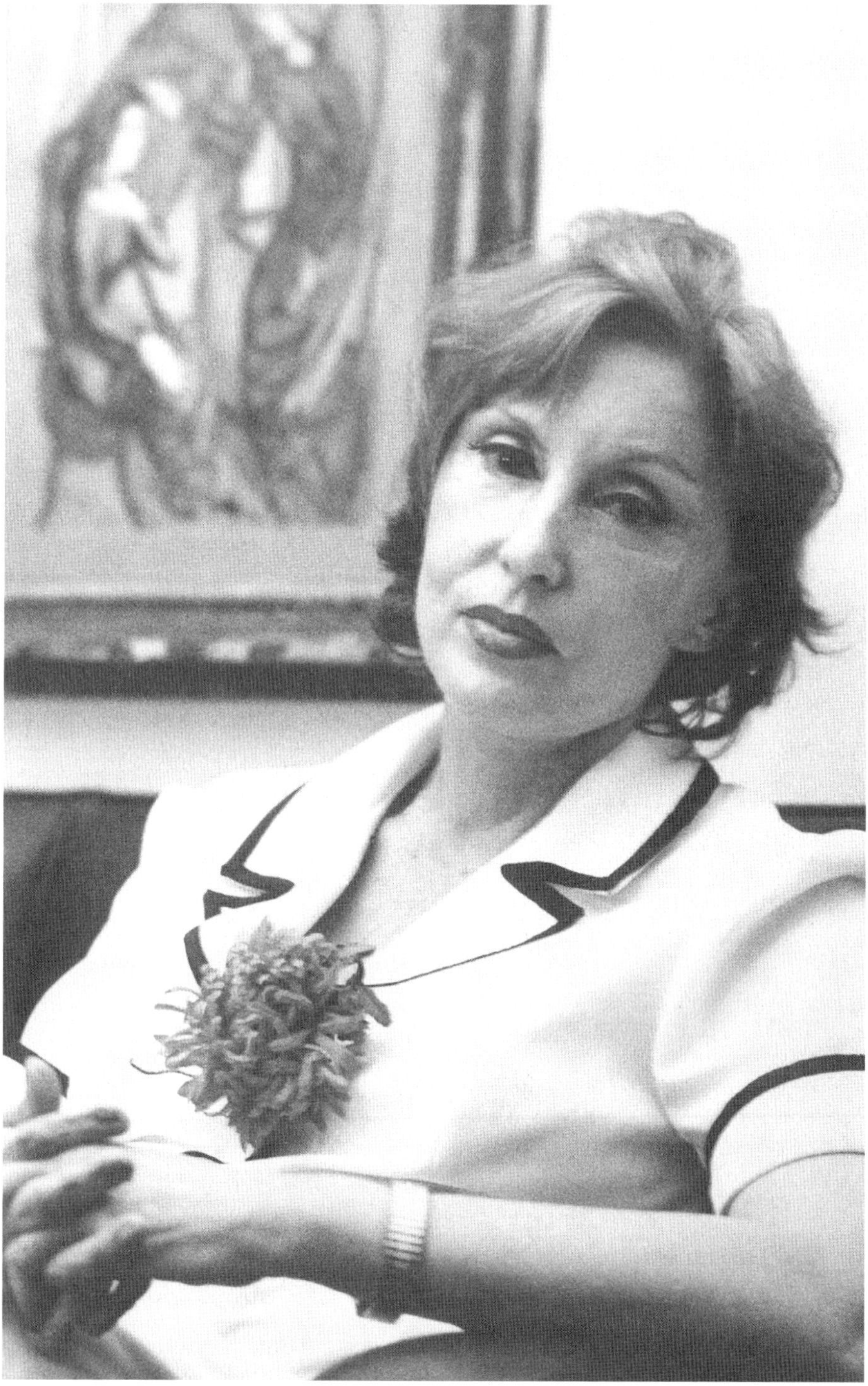

SEGUNDA PARTE

UM DIA A MENOS

Eu desconfio que a morte vem. Morte?

Será que uma vez os tão longos dias terminem?

Assim devaneio calma, quieta. Será que a morte é um blefe? Um truque da vida? É perseguição?

E assim é.

O dia começara às quatro da manhã, sempre acordara cedo, já encontrando na pequena copa a garrafa térmica cheia de café. Tomou uma xícara morna e lá ia deixá-la para Augusta lavar, quando se lembrou de que a velha Augusta pedira licença por um mês para ver seu filho.

Teve preguiça do longo dia que se seguiria: nenhum compromisso, nenhum dever, nem alegrias nem tristezas. Sentou-se, pois, com o robe de chambre mais velho, já que nunca esperava visitas. Mas estar tão malvestida – roupa ainda da falecida mãe – não lhe agradava. Levantou-se e vestiu um pijama de sedinha de bolas azuis e brancas que Augusta lhe dera no seu último aniversário. Isso realmente melhorava. E melhorou ainda mais quando sentou na poltrona recém-forrada de roxo (gosto de Augusta) e acendeu o seu primeiro cigarro do dia. Era um cigarro de marca cara, desse fumo louro, cigarrilha estreita e comprida, qualidade social de uma pessoa que não era por acaso ela. Aliás, por mero acaso, não era muitas coisas. E por mero acaso havia nascido.

E depois?

Depois.

Depois.

Pois então.

Assim mesmo.

Não é?

Então, pois então revelou-se subitamente: então pois então é assim mesmo. Augusta lhe contara que havia melhoria depois. Assim mesmo havia já chegado de assim era.

Lembrou-se do jornal de assinatura à sua porta de entrada. Lá foi meio animada, nunca se sabe o que se vai ler, se o ministro da Indochina vai se matar ou o amante ameaçado pelo pai da noiva termina se casando.

Mas lá não estava o jornal: o diabrete do vizinho inimigo já deveria ter carregado com ele. Era uma luta constante a de ver quem chegava primeiro ao jornal que, no entanto, tinha claramente impresso seu nome: Margarida Flores. Além do endereço. Sempre que distraidamente via seu nome escrito lembrava-se de seu apelido na escola primária: Margarida Flores de Enterro. Por que alguém não se lembrava de apelidá-la de Margarida Flores do Jardim? É que as coisas simplesmente não eram do seu lado. Pensou uma bobagem: até sua pequena cara era de lado. Em esquina. Nem pensava se era bonita ou feia. Ela era óbvia.

Depois.

Depois não tinha problemas de dinheiro.

Depois havia o telefone. Telefonaria para alguém? Mas sempre que telefonava tinha a impressão nítida de que estava sendo importuna. Por exemplo, interrompendo um abraço sexual. Ou então era importuna por falta de assunto.

E se alguém lhe telefonasse? Iria ter que conter o trêmulo da voz alegre por alguém enfim chamá-la. Supôs o seguinte:

– Trim-trim-trim.

– Alô? Sim?

– É Margarida Flores de Jardim?

Diante da voz masculina tão macia, responderia:

– Margarida Flores de Bosques Floridos!

E a cantante voz a convidaria para tomarem chá de tarde na Confeitaria Colombo. Lembrou-se a tempo de que hoje em dia um homem não convidava para tomar chá com torradas e sim para um drinque. O que já complicaria as coisas: para um drinque se deveria ir na certa vestida de modo mais audacioso, mais misterioso, mais pessoal, mais... Ela não era muito pessoal. E que incomodava um pouco, não muito.

E, além do mais, o telefone não tocou.

Depois. Era o que via quando se via ao espelho. Raramente se via ao espelho, como se já conhecesse muito. E ela comia muito. Era gorda, e sua gordura extremamente pálida e flácida.

Depois resolveu arrumar a gaveta das calcinhas e sutiãs: ela era exatamente do tipo que arrumava gavetas de calcinhas e sutiãs, sentia-se bem na delicada tarefa. E se fosse casada, o marido teria em perfeita ordem a fileira das gravatas, segundo a gradação de cor, ou segundo... Segundo qualquer coisa. Pois sempre há alguma coisa pela qual se guiar e arrumar. Quanto a ela mesma, ela se guiava pelo fato de não ser casada, de ter a mesma empregada desde que nascera, de ser uma mulher de trinta anos de idade, pouco batom, roupa pálida... e que mais? Evitou depressa "o que mais" pois a essa pergunta cairia num sentimento muito egoísta e ingrato: sentir-se-ia só, o que era pecado porque quem tem Deus nunca está só. Tinha Deus, pois não era a única coisa que tinha? Fora Augusta.

Então foi tomar um banho que lhe deu tanto prazer que não se pôde impedir de pensar como seriam outros prazeres corpóreos. Ser virgem aos trinta anos, não tinha jeito, a menos que fosse violentada por um marginal. Acabados o banho e os pensamentos, talco, talco, muito talco. E quantos e quantos desodorantes: duvidava que alguém no Rio de Janeiro cheirasse menos que ela. Talvez fosse a mais inodora das criaturas. E do banheiro saiu a modo de dizer em leve minueto.

Depois.

Depois viu com grande satisfação, no relógio da cozinha, que já eram onze horas da manhã... Como o tempo passara depressa desde quatro da madrugada. Que dádiva o tempo passar. Enquanto esquentava a galinha esbranquiçada e pelenta do jantar, ligou o rádio e pegou um homem no meio de um pensamento: "flauta e viola"... disse o homem e de repente ela não aguentou e desligou o rádio. Como se "flauta e viola" fossem na realidade o seu secreto, ambicionado e inalcançável modo de ser. Teve coragem e disse baixinho: flauta e viola.

Desligado o rádio e sobretudo o pensamento, os quartos caíram num silêncio: como se alguém em alguma parte acabasse de morrer e... Mas felizmente havia o barulho da frigideira esquentando os pedaços de galinha que, quem sabe, ganhariam alguma cor e sabor. Pôs-se a comer. Mas logo percebeu seu erro: tendo tirado a galinha da geladeira e só a esquentado um pouco, havia trechos em que a gordura era gelatinosa e fria, e outros em que era queimada e esturricada.

Sim.

E a sobremesa? Requentou um pouco do café da manhã e temperou-o com amarga sacarina para jamais engordar. Seu orgulho seria ser quase mirradinha.

Depois.

Lembrou-se a troco de nada que havia milhões de pessoas com fome, na sua terra e nas outras terras. Iria sentir um mal-estar todas as vezes em que comesse.

Depois.

Depois! Como havia esquecido a televisão? Ah, sem Augusta ela esquecia-se de tudo. Ligou-a toda esperançosa. Mas a essa hora só dava filmes antigos de faroeste entremeadíssimos com anúncios sobre cebolas, modess, groselhas que deveriam ser boas mas engordativas. Ficou olhando. Resolveu acender um cigarro. Isso melhoraria tudo pois faria dela um quadro numa exposição: Mulher Fumando Diante da Televisão. Só depois de muito tempo percebeu que nem sequer olhava a televisão e só fazia mesmo era gastar eletricidade. Torceu o botão com alívio.

Depois.

Depois?

Depois resolveu ler revistas velhas, há muito tempo que não o fazia. Estavam amontoadas no quarto da mãe, desde a sua morte. Mas eram um pouco antigas demais, algumas do tempo de solteira da mãe, as modas eram outras, os homens todos tinham bigode, anúncio de cinta para afinar cintura. E sobretudo todos os homens usavam bigodes. Fechou-se, de novo sem coragem de jogá-las fora já que haviam pertencido à sua mãe.

Depois.

Sim e depois?

Depois foi ferver água para tomar um chá, enquanto ela não esquecia que o telefone não tocava. Se ao menos tivesse colegas de trabalho, mas não tinha trabalho: a pensão do pai e da mãe supria suas poucas necessidades. Além do que não tinha letra bonita e achava que sem ter letra bonita não aceitavam candidatos.

Tomou o chá fervendo, mastigando pequenas torradas secas que arranhavam as gengivas. Melhorariam com um pouco de manteiga. Mas, é claro, manteiga engordava, além de aumentar o colesterol, o que quer que significasse essa palavra moderna.

Quando ia partindo com os dentes a terceira torrada – ela costumava contar as coisas, por uma espécie de mania de ordem, afinal inócua e até divertida –, quando ia comer a terceira torrada...

ACONTECEU! Juro, se disse ela, juro que ouvi o telefone tocar. Cuspiu na toalha o pedaço da terceira torrada e, para não dar a entender que era uma precipitada ou uma necessitada, deixou-o tocar quatro vezes, e cada vez era uma dor aguda no coração pois poderiam desligar pensando que não havia ninguém em casa! A esse pensamento terrificante precipitou-se de súbito nessa mesma quarta chamada e conseguiu dizer com voz bem negligente:

– Alô...

— Por obséquio — disse a voz feminina que devia ter mais de oitenta anos a julgar pela rouquidão arrastada — por favor, pode chamar ao aparelho (ninguém dizia mais "aparelho") para mim a Flávia? Meu nome é Constança.

— Madame Constança, sinto lhe informar que nesta casa não vive ninguém com o nome de Flávia, sei que Flávia é um nome muito romântico, mas é que não tem aqui nenhuma, que é que eu posso fazer? — disse com certo desespero por causa da voz de comando de Madame Constança.

— Mas essa não é a rua General Isidro?

Isso piorou a questão.

— É, sim, mas que número de telefone pediu? O quê? O meu? Mas lhe asseguro que moro aqui há exatamente trinta anos, quando nasci, e nunca houve nesta casa nenhuma jovem chamada Flávia!

— Jovem, coisa alguma, Flávia é um ano mais velha que eu e se esconde a idade isso é problema dela!

— Talvez não esconda a idade, quem sabe, Madame Constança.

— Que esconde, lá isso esconde, mas pelo menos faça-me o favor de lhe dizer que atenda logo o aparelho e já!

— Eu... eu... eu estava tentando lhe dizer que nossa família foi a primeira e única moradora desta casinha e lhe afianço, juro por Deus, que nunca morou aqui nenhuma senhora Flávia, e não estou dizendo que a senhora Flávia não existe, mas aqui, minha senhora, aqui — não e-x-i-s-t-e...

— Deixe de ser grosseira, sua sirigaita! Aliás como é o seu nome?

— Margarida Flores do Jardim.

— Por quê? Há flores no jardim?

— Ah, ah, ah, a senhora tem bom humor! Não, não há flores no jardim mas é que meu nome é florido.

— E isso adianta alguma coisa?

Silêncio.

— Adianta ou não adianta, enfim?

– É que não sei responder porque nunca tinha antes pensado nisso. Só sei responder coisas que já pensei.

– Então faça uma forcinha e mentalize o nome de Flávia e verá que saberá responder.

– Estou mentalizando, estou mentalizando... Ah, encontrei! O nome de minha empregada de criação é Augusta!

– Mas, criatura de Deus, estou perdendo a paciência, não é de empregada de criação que quero, é Flá-vi-a!

– Não quero parecer grosseira, mas minha mãe sempre disse que as pessoas insistentes são mal-educadas, desculpe!

– Mal-educada? Eu? Criada em Paris e Londres? Você ao menos sabe francês ou inglês, só para praticarmos um pouco?

– Só falo a língua do Brasil, minha senhora, e creio que é tempo da senhora desligar porque a essa hora meu chá deve estar gelado.

– Chá às três horas da tarde? Bem se vê que você não tem a mínima classe, e eu a pensar que você pudesse ter estudado na Inglaterra e que soubesse pelo menos a que horas se toma chá!

– O chá é porque eu não tinha o que fazer... Madame Constança. E agora eu lhe imploro em nome de Deus que não me torture mais, imploro de joelhos que desligue o telefone para eu acabar de tomar meu chá brasileiro.

– É, mas não precisa choramingar por isso, Dona Flores, minha única e pura intenção era falar com Flávia para convidá-la para um joguinho de bridge. Ah! Tive uma ideia! Já que Flávia saiu, por que é que você não vem à minha casa para umas carteadas a dinheiro baixo? Hein? Que acha? Não se sente tentada? E que acha de distrair uma senhora já de certa idade?

– Meu Deus, não sei jogar jogo nenhum.

– Mas como não!?

– É isso mesmo. É como não.

– E a que se deve essa falha na sua educação?

– Meu pai era estrito: na sua casa não entravam vícios de baralho.

– Seu pai, sua mãe e Augusta eram muito antiquados, se me permite dizer e acho que...

– Não! Não lhe permito dizer! E quem vai desligar o telefone sou eu mesma, com licença de sua madame.

Enxugando os olhos, sentiu-se por um instante aliviada e teve uma ideia tão nova que nem parecia dela: parecia demoníaca como as ideias da madame... Era tirar o telefone do gancho para que, se a Madame Constança fosse constante como o seu nome, não tornasse a ligar para chamar a desgraçada Flávia. Assoou o nariz. Ah, se não tivesse bons costumes, o que não diria à tal da Constança! Até já estava arrependida do que não lhe dissera por ter bons costumes.

Sim. O chá estava gelado.

E com gosto acentuado de sacarina. A terceira torradinha cuspida na toalha da mesa. A tarde estragada. Ou o dia estragado? Ou a vida estragada? Nunca se detivera para pensar se era ou não feliz. Então, em vez de chá, comeu uma banana um pouco ácida.

Depois.

Depois. Depois eram quatro horas.

Depois cinco.

Seis.

Sete: hora do jantar!

Gostaria de comer outra coisa e não a galinha de ontem mas aprendera a não desperdiçar comida. Comeu uma coxa ressequida com torradinhas. Para falar a verdade, não tinha fome. Só às vezes se animava com Augusta porque falavam, falavam e comiam, ah, comiam fora da dieta e nem engordavam! Mas Augusta ia se ausentar um mês. Um mês é uma vida.

Oito horas. Já podia se deitar. Escovou os dentes durante muito tempo, pensativa. Vestiu uma camisola rasgadinha de algodão meio puído, daqueles gostosos, ainda das feitas pela mãe. E entrou na cama, sob as cobertas.

De olhos abertos.

De olhos abertos.

De olhos abertos.

Foi então que pensou nos vidros de pílulas contra insônia que haviam pertencido à mãe. Lembrou-se de seu pai: cuidado, Leontina, com a dose, uma dose a mais pode ser fatal. Eu, respondia Leontina, não quero largar esta boa vida tão cedo, e só tomo duas pilulazinhas, o suficiente para ter um sono tranquilo e acordar toda rosada para meu maridinho.

Isso, pensou Margarida das Flores no Jardim, dormir um bom soninho e acordar rosada. Foi ao quarto de sua mãe, abriu uma gaveta do lado esquerdo da grande cama de casal – e realmente encontrou três vidros cheios de bolinhas. Ia tomar duas pílulas para amanhecer rosada. Não tinha nenhuma má intenção. Foi buscar a jarra e um copo. Abriu um dos vidros: tirou duas pequenas pílulas. Tinham gosto de mofo e açúcar. Não notava em si a menor má intenção. Mas ninguém no mundo saberá. E agora para sempre não se saberá julgar se foi por desequilíbrio ou enfim por um grande equilíbrio: copo após copo engoliu todas as pílulas dos três grandes vidros. Mas no segundo vidro pensou pela primeira vez na vida: "Eu." E não era um simples ensaio: era na verdade uma estreia. Toda ela enfim estreava. E antes mesmo que terminassem, já sentia uma coisa nas pernas, tão boa quanto nunca antes sentira. Ela nem sabia que era domingo. Não teve força para ir para o seu próprio quarto: deixou-se cair de través na cama onde a tinham gerado. Era um dia a menos. Vagamente pensou: se pelo menos Augusta tivesse deixado pronta uma torta de framboesa.

1977

A BELA E A FERA OU
A FERIDA GRANDE DEMAIS

Começa:

Bem, então saiu do salão de beleza pelo elevador do Copacabana Palace Hotel. O chofer não estava lá. Olhou o relógio: eram quatro horas da tarde. E de repente lembrou-se: tinha dito a "seu" José para vir buscá-la às cinco, não calculando que não faria as unhas dos pés e das mãos, só massagem. Que devia fazer? Tomar um táxi? Mas tinha consigo uma nota de quinhentos cruzeiros e o homem do táxi não teria troco. Trouxera dinheiro porque o marido lhe dissera que nunca se deve andar sem nenhum dinheiro. Ocorreu-lhe voltar ao salão de beleza e pedir dinheiro. Mas – mas era uma tarde de maio e o ar fresco era uma flor aberta com o seu perfume. Assim achou que era maravilhoso e inusitado ficar de pé na rua – ao vento que mexia com os seus cabelos. Não se lembrava quando fora a última vez que estava sozinha consigo mesma. Talvez nunca. Sempre era ela – com outros, e nesses outros ela se refletia e os outros refletiam-se nela. Nada era – era puro, pensou sem se entender. Quando se viu no espelho – a pele trigueira pelos banhos de sol faziam ressaltar as flores douradas perto do rosto nos cabelos negros –, conteve-se para não exclamar um "ah"! – pois ela era cinquenta milhões de unidades de gente linda. Nunca houve – em todo o passado do mundo– alguém que fosse como ela. E depois, em três trilhões de trilhões de ano – não haveria uma moça exatamente como ela.

"Eu sou uma chama acesa! E rebrilho e rebrilho toda essa escuridão!"

Este momento era único – e ela teria durante a vida milhares de momentos únicos. Até suou frio na testa, por tanto lhe ser dado e por ela avidamente tomado.

"A beleza pode levar à espécie de loucura que é a paixão." Pensou: "estou casada, tenho dois filhos, estou segura."

Ela tinha um nome a preservar: era Carla de Sousa e Santos. Eram importantes o "de" e o "e": marcavam classe e quatrocentos anos de carioca. Vivia nas manadas de mulheres e homens que, sim, que simplesmente "podiam". Podiam o quê? Ora, simplesmente podiam. E ainda por cima, viscosos pois que o "podia" deles era bem oleado nas máquinas que corriam sem barulho de metal ferrugento. Ela, que era uma potência. Uma geração de energia elétrica. Ela, que para descansar usava os vinhedos do seu sítio. Possuía tradições podres mas de pé. E como não havia nenhum novo critério para sustentar as vagas e grandes esperanças, a pesada tradição ainda vigorava. Tradição de quê? De nada, se se quisesse apurar. Tinha a seu favor apenas o fato de que os habitantes tinham uma longa linhagem atrás de si, o que, apesar de linhagem plebeia, bastava para lhes dar uma certa pose de dignidade.

Pensou assim, toda enovelada: "Ela que, sendo mulher, o que lhe parecia engraçado ser ou não ser, sabia que, se fosse homem, naturalmente seria banqueiro, coisa normal que acontece entre os 'dela', isto é, de sua classe social, à qual o marido, porém, alcançara por muito trabalho e que o classificava de 'self-made man' enquanto ela não era uma 'self-made woman'." No fim do longo pensamento, pareceu-lhe que – que não pensara em nada.

Um homem sem uma perna, agarrando-se numa muleta, parou diante dela e disse:

– Moça, me dá um dinheiro para eu comer?

"Socorro!!!" gritou-se para si mesma ao ver a enorme ferida na perna do homem. "Socorre-me, Deus" disse baixinho.

Estava exposta àquele homem. Estava completamente exposta. Se tivesse marcado com "seu" José na saída da Avenida Atlântica, o hotel onde ficava o cabeleireiro não permitiria que "essa gente" se aproximasse. Mas na Avenida Copacabana tudo era possível: pessoas de toda a espécie. Pelo menos de espécie diferente da dela. "Da dela?" "Que espécie de ela era para ser 'da dela'?"

Ela – os outros. Mas, mas a morte não nos separa, pensou de repente e seu rosto tomou o ar de uma máscara de beleza e não beleza de gente: sua cara por um momento se endureceu.

Pensamento do mendigo: "essa dona de cara pintada com estrelinhas douradas na testa, ou não me dá ou me dá muito pouco." Ocorreu-lhe então, um pouco cansado: "ou dará quase nada."

Ela estava espantada: como praticamente não andava na rua – era de carro de porta à porta – chegou a pensar: ele vai me matar? Estava atarantada e perguntou:

– Quanto é que se costuma dar?

– O que a pessoa pode dar e quer dar – respondeu o mendigo espantadíssimo.

Ela, que não pagava ao salão de beleza, o gerente deste mandava cada mês sua conta para a secretária de seu marido. "Marido." Ela pensou: o marido o que faria com o mendigo? Sabia que: nada. Eles não fazem nada. E ela – ela era "eles" também. Tudo o que pode dar? Podia dar o banco do marido, poderia lhe dar seu apartamento, sua casa de campo, suas joias...

Mas alguma coisa que era uma avareza de todo o mundo, perguntou:

– Quinhentos cruzeiros basta? É só o que eu tenho.

O mendigo olhou-a espantado.

– Está rindo de mim, moça?

– Eu?? Não estou não, eu tenho mesmo os quinhentos na bolsa...

Abriu-a, tirou a nota e estendeu-a humildemente ao homem, quase lhe pedindo desculpas.

O homem perplexo.

E depois rindo, mostrando as gengivas quase vazias:

– Olhe – disse ele –, ou a senhora é muito boa ou não está bem da cabeça... Mas, aceito, não vá dizer depois que a roubei, ninguém vai me acreditar. Era melhor me dar trocado.

– Eu não tenho trocado, só tenho essa nota de quinhentos.

O homem pareceu assustar-se, disse qualquer coisa quase incompreensível por causa da má dicção de poucos dentes.

Enquanto isso a cabeça dele pensava: comida, comida, comida boa, dinheiro, dinheiro.

A cabeça dela era cheia de festas, festas, festas. Festejando o quê? Festejando a ferida alheia? Uma coisa os unia: ambos tinham uma vocação por dinheiro. O mendigo gastava tudo o que tinha, enquanto o marido de Carla, banqueiro, colecionava dinheiro. O ganha-pão era a Bolsa de Valores, e inflação, e lucro. O ganha-pão do mendigo era a redonda ferida aberta. E ainda por cima, devia ter medo de ficar curado, adivinhou ela, porque, se ficasse bom, não teria o que comer, isso Carla sabia: "quem não tem bom emprego depois de certa idade..." Se fosse moço, poderia ser pintor de paredes. Como não era, investia na ferida grande em carne viva e purulenta. Não, a vida não era bonita.

Ela se encostou na parede e resolveu deliberadamente pensar. Era diferente porque não tinha o hábito e ela não sabia que pensamento era visão e compreensão e que ninguém podia se intimar assim: pense! Bem. Mas acontece que resolver era um obstáculo. Pôs-se então a olhar para dentro de si e realmente começaram a acontecer. Só que tinha os pensamentos mais tolos. Assim: esse mendigo sabe inglês? Esse mendigo já comeu caviar, bebendo champanhe? Eram pensamentos tolos porque claramente sabia que o mendigo não sabia inglês, nem experimentara caviar e champanhe. Mas não pôde se impedir de ver nascer em si mais um pensamento absurdo: ele já fez esportes de inverno na Suíça?

Desesperou-se então. Desesperou-se tanto que lhe veio o pensamento feito de duas palavras apenas: "Justiça Social."

Que morram todos os ricos! Seria a solução, pensou alegre. Mas – quem daria dinheiro aos pobres?

De repente – de repente tudo parou. Os ônibus pararam, os carros pararam, os relógios pararam, as pessoas na rua imobilizaram-se – só seu coração batia, e para quê?

Viu que não sabia gerir o mundo. Era uma incapaz, com os cabelos negros e unhas compridas e vermelhas. Ela era isso: como numa fotografia colorida fora de foco. Fazia todos os dias a lista do que precisava ou queria fazer no dia seguinte – era desse modo que se ligara ao tempo vazio. Simplesmente ela não tinha o que fazer. Faziam tudo por ela. Até mesmo os dois filhos – pois bem, fora o marido que determinara que teriam dois...

"Tem-se que fazer força para vencer na vida", dissera-lhe o avô morto. Seria ela, por acaso, "vencedora"? Se vencer fosse estar em plena tarde clara na rua, a cara lambuzada de maquilagem e lantejoulas douradas... Isso era vencer? Que paciência tinha que ter consigo mesma. Que paciência tinha que ter para salvar a sua própria pequena vida. Salvar de quê? Do julgamento? Mas quem julgava? Sentiu a boca inteiramente seca e a garganta em fogo – exatamente como quando tinha que se submeter a exames escolares. E não havia água! Sabe o que é isso – não haver água?

Quis pensar em outra coisa e esquecer o difícil momento presente. Então lembrou-se de frases de um livro póstumo de Eça de Queirós que havia estudado no ginásio: "O LAGO DE TIBERÍADE resplandeceu transparente, coberto de silêncio, mais azul que o céu, todo orlado de prados floridos, de densos vergéis, de rochas de pórfiro, e de alvos terrenos por entre os palmares, sob o voo das rolas."

Sabia de cor porque, quando adolescente, era muito sensível a palavras e porque desejava para si mesma o destino de resplendor do lago de TIBERÍADE.

Teve uma vontade inesperadamente assassina: a de matar todos os mendigos do mundo! Somente para que ela, depois da matança, pudesse usufruir em paz seu extraordinário bem-estar.

Não. O mundo não sussurrava.

O mundo gri-ta-va!!! pela boca desdentada desse homem.

A jovem senhora do banqueiro pensou que não ia suportar a falta de maciez que se lhe jogavam no rosto tão bem maquilado.

E a festa? Como diria na festa, quando dançasse, como diria ao parceiro que a teria entre seus braços... O seguinte: Olhe, o mendigo também tem sexo, disse que tinha onze filhos. Ele não vai a reuniões sociais, ele não sai nas colunas do Ibrahim, ou do Zózimo, ele tem fome de pão e não de bolos, ele na verdade só deveria comer mingau pois não tem dentes para mastigar carne... "Carne?" Lembrou-se vagamente que a cozinheira dissera que o "filet mignon" subira de preço. Sim. Como poderia ela dançar? Só se fosse uma dança doida e macabra de mendigos.

Não, ela não era mulher de ter chiliques e fricotes e ir desmaiar ou se sentir mal. Como algumas de suas "coleguinhas" de sociedade. Sorriu um pouco ao pensar em termos de "coleguinhas". Colegas em quê? Em se vestir bem? Em dar jantares para trinta, quarenta pessoas?

Ela mesma aproveitando o jardim no verão que se extinguia dera uma recepção para quantos convidados? Não, não queria pensar nisso, lembrou-se (por que sem o mesmo prazer?) das mesas espalhadas sobre a relva, luz de vela... "luz de vela"?, pensou, mas estou doida? Eu caí num esquema? Num esquema de gente rica?

"Antes de casar era de classe média, secretária do banqueiro com quem se casara e agora – agora luz de velas. Eu estou é brincando de viver, pensou, a vida não é isso."

"A beleza pode ser de uma grande ameaça." A extrema graça se confundiu com uma perplexidade e uma funda melancolia. "A beleza assusta."

"Se eu não fosse tão bonita teria tido outro destino", pensou ajeitando as flores douradas sobre os negríssimos cabelos.

Ela uma vez vira uma amiga inteiramente de coração torcido e doído e doido de forte paixão. Então não quisera nunca a experimentar. Sempre tivera medo das coisas belas demais ou horríveis demais: é que não sabia em si como responder-lhes e se responderia se fosse igualmente bela ou igualmente horrível.

Estava assustada como quando vira o sorriso de Mona Lisa, ali, à sua mão no Louvre. Como se assustara com o homem da ferida ou com a ferida do homem.

Teve vontade de gritar para o mundo: "Eu não sou ruim! Sou um produto nem sei de quê, como saber dessa miséria de alma."

Para mudar de sentimento – pois que ela não os aguentava e já tinha vontade de, por desespero, dar um pontapé violento na ferida do mendigo –, para mudar de sentimentos pensou: este é o meu segundo casamento, isto é, o marido anterior estava vivo.

Agora entendia por que se casara da primeira vez e estava em leilão: Quem dá mais? Quem dá mais? Então está vendida. Sim, casara-se pela primeira vez com o homem que "dava mais", ela o aceitara porque ele era rico e era um pouco acima dela em nível social. Vendera-se. E o segundo marido? Seu casamento estava findando, ele com duas amantes... e ela tudo suportando porque um rompimento seria escandaloso: seu nome era por demais citado nas colunas sociais. E voltaria ela a seu nome de solteira? Até habituar-se ao seu nome de solteira, ia demorar muito. Aliás, pensou rindo de si mesma, aliás, ela aceitava este segundo porque ele lhe dava grande prestígio. Vendera-se às colunas sociais? Sim. Descobria isso agora. Se houvesse para ela um terceiro casamento – pois era bonita e rica –, se houvesse, com quem se casaria? Começou a rir um pouco histericamente porque pensara: o terceiro marido era o mendigo.

De repente perguntou ao mendigo:

– O senhor fala inglês?

O homem nem sequer sabia o que ela lhe perguntara. Mas, obrigado a responder pois a mulher já comprara-o com tanto dinheiro, saiu pela evasiva:

– Falo sim. Pois não estou falando agora mesmo com a senhora? Por quê? A senhora é surda? Então vou gritar: FALO.

Espantada pelos enormes gritos do homem, começou a suar frio. Tomava plena consciência de que até agora fingira que não havia os que passam fome, não falam nenhuma língua e que havia multidões anônimas mendigando para sobreviver. Ela soubera sim, mas desviara a cabeça e tampara os olhos. Todos, mas todos – sabem e fingem que não sabem. E mesmo que não fingissem iam ter um mal-estar. Como não teriam? Não, nem isso teriam.

Ela era...

Afinal de contas quem era ela?

Sem comentários, sobretudo porque a pergunta durou um átimo de segundo: pergunta e resposta não tinham sido pensamentos de cabeça, eram de corpo.

Eu sou o Diabo, pensou lembrando-se do que aprendera na infância. E o mendigo é Jesus. Mas – o que ele quer não é dinheiro, é amor, esse homem se perdeu da humanidade como eu também me perdi.

Quis forçar-se a entender o mundo e só conseguiu lembrar-se de fragmentos de frases ditas pelos amigos do marido: "essas usinas não serão suficientes." Que usinas, santo Deus? as do Ministro Galhardo? teria ele usinas? "A energia elétrica... hidrelétrica"?

E a magia essencial de viver – onde estava agora? Em que canto do mundo? no homem sentado na esquina?

A mola do mundo é dinheiro? fez-se ela a pergunta. Mas quis fingir que não era. Sentiu-se tão, tão rica que teve um mal-estar.

Pensamento do mendigo: "Essa mulher é doida ou roubou o dinheiro porque milionária ela não pode ser", milionária era para ele apenas uma palavra e mesmo se nessa mulher ele quisesse encarnar uma milionária não poderia porque: onde já se viu milionária ficar parada de pé na rua, gente? Então pensou: ela é daquelas vagabundas que cobram caro de cada freguês e com certeza está cumprindo alguma promessa?

Depois.

Depois.

Silêncio.

Mas de repente aquele pensamento gritado:

– Como é que eu nunca descobri que sou também uma mendiga? Nunca pedi esmola mas mendigo o amor de meu marido que tem duas amantes, mendigo pelo amor de Deus que me achem bonita, alegre e aceitável, e minha roupa de alma está maltrapilha...

"Há coisas que nos igualam", pensou procurando desesperadamente outro ponto de igualdade. Veio de repente a resposta: eram iguais porque haviam nascido e ambos morreriam. Eram, pois, irmãos.

Teve vontade de dizer: olhe, homem, eu também sou uma pobre coitada, a única diferença é que sou rica. Eu... pensou com ferocidade, eu estou perto de desmoralizar o dinheiro ameaçando o crédito do meu marido na praça. Estou prestes a, de um momento para outro, me sentar no fio da calçada. Nascer foi a minha pior desgraça. Tendo já pagado esse maldito acontecimento, sinto-me com direito a tudo.

Tinha medo. Mas de repente deu o grande pulo de sua vida: corajosamente sentou-se no chão.

"Vai ver que ela é comunista!" pensou meio a meio o mendigo. "E como comunista teria direito às suas joias, seus apartamentos, sua riqueza e até os seus perfumes."

Nunca mais seria a mesma pessoa. Não que jamais tivesse visto um mendigo. Mas – mesmo este era em hora errada, como levada de um empurrão e derramar por isso vinho tinto em branco vestido de renda. De repente sabia:

esse mendigo era feito da mesma matéria que ela. Simplesmente isso. O "porquê" é que era diferente. No plano físico eles eram iguais. Quanto a ela, tinha uma cultura mediana, e ele não parecia saber de nada, nem quem era o Presidente do Brasil. Ela, porém, tinha uma capacidade aguda de compreender. Será que estivera até agora com a inteligência embutida? Mas se ela já há pouco, que estivera em contato com uma ferida que pedia dinheiro para comer – passou a só pensar em dinheiro? Dinheiro esse que sempre fora óbvio para ela. E a ferida, ela nunca a vira de tão perto...

– A senhora está se sentindo mal?

– Não estou mal... mas não estou bem, não sei...

Pensou: o corpo é uma coisa que estando doente a gente o carrega. O mendigo se carrega a si mesmo.

– Hoje no baile a senhora se recupera e tudo volta ao normal – disse José.

Realmente no baile ela reverdeceria seus elementos de atração e tudo voltaria ao normal.

Sentou-se no banco do carro refrigerado lançando antes de partir o último olhar àquele companheiro de hora e meia. Parecia-lhe difícil despedir-se dele, ele era agora o "eu" alter ego, ele fazia parte para sempre de sua vida. Adeus. Estava sonhadora, distraída, de lábios entreabertos, como se houvesse à beira deles uma palavra. Por um motivo que ela não saberia explicar – ele era verdadeiramente ela mesma. E assim, quando o motorista ligou o rádio, ouviu que o bacalhau produzia nove mil óvulos por ano. Não soube deduzir nada com essa frase, ela que estava precisando de um destino. Lembrou-se de que em adolescente procurara um destino e escolhera cantar. Como parte de sua educação, facilmente lhe arranjaram um bom professor. Mas cantava mal, ela mesma o sabia e seu pai, amante de óperas, fingira não notar que ela cantava mal. Mas houve um momento em que ela começou a chorar. O professor perplexo perguntara-lhe o que tinha.

– É que, é que eu tenho medo de, de, de, de cantar bem...

Mas você canta muito mal, dissera-lhe o professor.

– Também tenho medo, tenho medo também de cantar muito, muito, muito mais mal ainda. Maaaaal mal demais! chorava ela e nunca teve mais nenhuma aula de canto. Essa história de procurar a arte para entender só lhe acontecera uma vez – depois mergulhara num esquecimento que só agora, aos trinta e cinco anos de idade, através da ferida, precisava ou cantar muito mal ou cantar muito bem – estava desnorteada. Há quanto tempo não ouvia a chamada música clássica porque esta poderia tirá-la do sono automático em que vivia. Eu – eu estou brincando de viver. No mês que vinha ia a New York e descobriu que essa ida era como uma nova mentira, como uma perplexidade. Ter uma ferida na perna – é uma realidade. E tudo na sua vida, desde quando havia nascido, tudo na sua vida fora macio como pulo de gato.

(No carro andando)
De repente pensou: nem me lembrei de perguntar o nome dele.

1977

Beleza selvagem:
Manuscritos originais, com anotações de Clarice Lispector

A Bela e a Fera

Quis porçar-se a embarcar o assunto e só conseguia lembrar-se de fragmentos de frases ditas entre os amigos do marido:
"As nossas usinas não serão suficientes!" "Quais usinas, santo Deus, as do ministro Gallardo? Teria ele usinas? "A energia elétrica — hidrelétrica?!" E a magia essencial de viver — onde estava agora? em que canto

Esse conto "Mocinha" (1940) eu, anos depois, transformei ligeiramente e publiquei em "Laços de família".

Í N D I C E

	Pags
~~Vera~~	2
~~Diario de uma mulher insône~~	13
Mocinha	40
A crise	53
~~As histórias não se completam~~	60
Gertrudes pede um conselho	6.
Obcessão	8.
O delirio	12.
A fuga	13.
Mais dois bêbedos	142
Muito feliz	152

ele olha

randes prestígio. Venderos
lmos sociais? Sim
bri isso agora, pois isso
a autor ambiciosa
mente e sem muita consciencia
apenas um autor
lava função estrangeira
De repente perguntou
mendigo:
- O senhor fala inglês?
nem sequer
homem tinha

- O que?

- "O que" o que?

- Hein?

- Mas, meu Deus, "hein" o que?

- Ah...

- O senhor não tem vergonha? ~~Digo-lhe coisas lindas, capaz todo o sofrimento humano, toda a nossa ânsia o se~~ Eu? ~~Ouça,~~ vou dizer mais: eu queria morrer vivo, descendo, ~~com de grandes marchas e trombetas,~~ ao meu próprio túmulo e eu mesmo fechá-lo, com uma pancada seca. E depois enlouquecer de dôr na escuridão da terra. Mas não a inconciencia, ~~essa inconciencia~~...

Ele continuava com o palito na boca.

~~Sim, só um homem como o senhor, de imaginação rudimentar, poderia não temer a morte.~~

~~De~~pois foi muito bom porque o vinho misturado ~~com o chopp~~ dava ótimas sensações. Peguei também um palito e segurai-o entre os dedos como se fôsse fumá-lo.

- Eu fazia assim em pequeno. E o prazer era maior do que o atual, quando fumo realmente.

- É claro.

~~Senti-me humilhado em ser aceito tão depressa.~~

- É claro coisa alguma.... Não estou pedindo aprovação. As palavras vagas, as frases arrastadas sem significado... Tão bom, tão suave... Ou era o sono?

De repente, ele tirou o palito da boca, os olhos piscando, os lábios trêmulos como se fôsse chorar, disse:

ginasio: "o lago da
Ioia †LIBERdade
resplandescem transpa-
berto de silencio, mar
azul que o ceu,
tudo orlado de
flores, prados flori-
dos, de densos
vergéis de rochas
de pórfiros e de
alvos terraços
entre os palmares
sob o voo do

Eu sou o Drako Kaurbach -
da gene aprende na experiência dos mais. Li Jesus Men- o que
quer mais e quiseram e amor,
Snomem se perder ele la hitzman
como ele também me perek

a coisa   para o seu
seu marido.
"Marido". Ela pensou
Que faria com o
mendigo? Sabia que:
les não fazem nada. E
ela era "eles" ~~Tam~~
~~"eles"~~
esquecera a ~~fa~~
) esquecer a mi~~s~~
esquecera o aperto
s ombros, ~~das~~ chuva
~~ca~~da, os homens ea~~s~~

ca, devagar, completamente bebedo.

Rompi numa gargalhada.

— O senhor está louco? Pois se não comeu nada!...

A cêna me pareceu tão cômica que me torci de rir. As lágrimas já me chegavam aos olhos e escorriam pelo meu rosto. Algumas pessôas voltaram a cabeça para meu lado. Já não tinha mais vontade de rir e no entanto continuava. Já pensava em outra coisa e no entanto ria sem parar. Estaquei de súbito.

— O senhor está brincando comigo? Pensa que vou abandoná-lo, assim, pacificamente? Deixá-lo continuar um caminho fácil, mesmo depois de ter se chocado comigo? Ah, nunca. Se fôr preciso, farei confissões. Contarei tanta coisa... Mas talvez o senhor não compreenda: somos diferentes. Sofro, em mim os sentimentos estão solidificados, diferenciados, já nascem com rotulo, concientes de si mesmo. Quanto ao senhor... Uma nebulosa de homem. Talvez seu bisneto já consiga sofrer mais... Isso não importa, porém: quanto mais difícil a tarefa, mais atraente, como disse Ema antes de nosso noivado. Por isso vou jogar meu anzol dentro do senhor. Talvez ele se ligue ao germe do seu bisneto sofredor. Quem sabe?

— Sei, disse ele.

Debrucei-me sobre a mesa, procurando-o com furia; se permitir que escapasse a oportunidade de fazê-lo viver?

— Escute, amigo, a lua está alta no céu. Em noites perdidas há luares angustiantes. Amigo, você não tem vontade de chorar? Não sente o coração estrangulado pelo mêdo? Não se

nsciência de que ~~existia~~
~~dentro de uma redoma~~ e
~~que~~ até agora ela fingira
que lia o que passava,
fome, não falar, nenhum
língua, e que fingira
~~sempre anônima~~
que havia multidões
anônimas mendigando
para sobreviver. Ela
soubera sim, desviara a cabeça
e tapara os olhos para
~~não vê-los~~ Todos

e não ia mais qupo
e falta de macios que
e lhe jogaram no ros
são bem maquilado,
a festa? ~~em ces~~ cog
dirie na festa grano
baixasse, como dirin a
ou parceiro que a bem
ao se sens braços....
segunte: olhe, o m
também em sexo a
que tinha onzé f
êle não vaus a reu
sociau, ele não
na coluna do Ibpo

"Ela que, sendo mulher, o que parecia impedi-la de ser ou não a rabia que, se fosse homem, na mente seria banqueiro, coisa que acontece entre os "dela é, de sua classe social, à que o marido, porém, alcançara por seu trabalho e que se chamaria de self-made man" e quando ela não era um "self-made man"!

como ela.

×

Quando se vai ao espe-
lho conserve-se p...
nós exclamar um "ah!"
pois ele é encontr...
olhos de uma ...
a gente linda. Este
momento era um
— e ela teria de
a viola ... ...
de m...

Ali suou pi... na
testa, (p...) também
olhou (se) todo —
p... ela a...
"Eu sou uma

MOCINHA

(É o conto aproveitado no "Passeio a Petrópolis") (da velhinha que de cansaço morre)

Se houvesse para o
Terceiro casamento -
era bonita e rica
houvesse, com quem
casaria? Começou a
um pouco histér
porque pensara; o
marido era o mend

Depois.-
Depois.
Silêncio -
mas de repente aquele
pensamento gritado.-
- Como é que eu nunca
soube que sou tambem
uma mendiga? Uma pedi-
ntola mas mendigo amor
e meu marido que tem duas
mantas mendigo pelo amor a
Deus, que me achem boni-
ta, alegre e aceitavel! mendi
a minha roupa de alma
está maltrapilha...

... monte ... pagado ... acontecimento, ... dereito ...

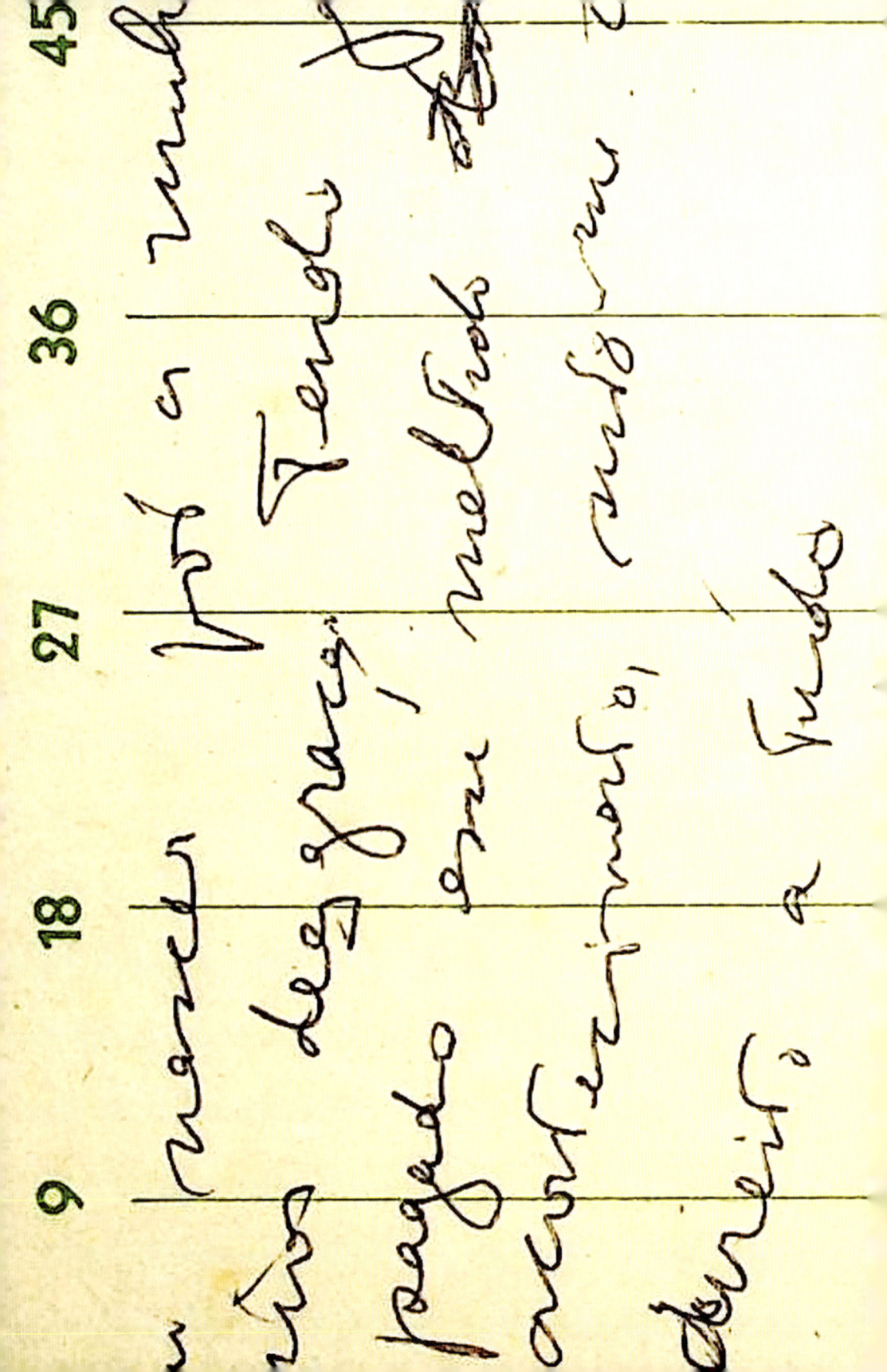

Beleza refletida:
Cinco ensaios inéditos

Eros e Tânatos no reino desencantado
Yudith Rosenbaum

> "'Libertar' era uma palavra imensa, cheia de mistérios e dores."
>
> Clarice Lispector

O que se revela no livro póstumo *A bela e a fera*, de Clarice Lispector? Que do início ao fim de sua produção literária, a escritora desmistificou as noções habituais de felicidade, vida, morte, amor, loucura e, claro, da própria escrita. Nesta reunião de seis contos escritos em 1940 e 1941, quando a autora completava 20 e 21 anos, com mais dois, datados do ano de sua morte, aos 57, há um elo inextricável entre os textos da juventude e os últimos. Apesar do intervalo de 36 anos, as oito narrativas se irmanam em torno de uma mesma perene motivação: investigar muito de perto os processos de constituição do sujeito humano, flagrando suas contradições, ambivalências, identificações, alumbramentos e patologias. Da mesma linhagem de grandes nomes da literatura brasileira – desmascaradores da vida social, política e psíquica, como Machado de Assis e Mário de Andrade, entre outros –, Clarice domina o bisturi de palavras com que penetra na intimidade de suas personagens, bem como nas sutilezas e violências da engrenagem social que as envolvem.

Neste volume, publicado originalmente em 1979 e cujo título foi retirado do último conto, as belas e as feras não vivem exatamente enredos próprios para contos maravilhosos. A magia que restou nas brechas da vida cotidiana pode surgir como miragem de um mundo idealizado e inalcançável ("A fuga", "Um dia a menos", por exemplo) ou em fulgurantes e esquivas revelações ("Gertrudes pede um conselho", "A bela e a fera ou A ferida grande demais" e "O delírio"), ou nunca se realizar ("História interrompida", "Obsessão", "Mais dois bêbedos"). As histórias são enraizadas em realidades prosaicas e aparentemente sólidas, calcadas em valores de uma normalidade opressora, em que suas personagens colidem, inadvertidamente, com o desconhecido de si mesmas. É quando se abre uma fenda imprevista, na qual as protagonistas adolescentes, jovens e adultas podem submergir ou se descobrir. Já os homens se mostram por dois ângulos contrários: seja em sua racionalidade e domesticidade excessivas (os maridos de "Obsessão" e "A fuga"), seja na extravagância da insanidade, da alucinação, do sadismo e da embriaguez (o namorado em "História interrompida", o doente em "O delírio", o amante Daniel em "Obsessão" e os personagens em "Mais dois bêbedos"). O mundo masculino, como demonstra a obra maior da autora, pode surgir como uma alteridade entre tantas que mobilizam os processos de inquietação feminina (por exemplo, o mendigo do último conto), mas poucas vezes protagoniza os enredos – no caso, em apenas duas narrativas, "O delírio" e "Mais dois bêbedos". Mesmo como coadjuvantes, os homens podem ser o acicate de importantes transformações das suas parceiras em cena. O ápice da "tensão conflitiva", na expressão cunhada pelo crítico Benedito Nunes em estudos pioneiros sobre a autora, é o momento de uma encruzilhada. Ao atravessá-las, as "belas" podem sair mais "feras" ou retornar ao adormecimento de onde partiram. Vejamos como isso se dá nas particularidades de cada texto.

* * *

"História interrompida", que abre o volume, é narrado por uma mulher anônima de 22 anos, aprisionada em uma relação com o namorado W..., nomeado de forma igualmente interrompida. As reticências marcam o mistério não desvendado de um caso amoroso trágico, ainda que a narradora afirme, anos depois do ocorrido, que "só escrevi 'isso' para ver se conseguia achar uma resposta a perguntas que me torturam". Note-se, desde já, que a função da escrita será uma âncora para a memória decantar o vivido na distância, o que também ocorrerá no conto "Obsessão", ambos relatos em busca de sentidos incompreendidos. Esses dois contos e "A fuga" formam um trio de textos movidos pela imperiosa necessidade de libertação da mulher, enredada em relações amortecidas ou perigosas. Quanto mais se alienam de si mesmas, mais o perigo lhes ronda.

W... reconhece, desde o início, sua "tendência para a destruição", resumindo sua vida como um "monte de cacos (...) espedaçados". Para neutralizar o traço sombrio e indiferente a tudo do namorado, a narradora contrapõe sua própria solaridade, tentando vencer "o cinzento" das palavras dele, que reduzia o mundo "a míseros elementos quantitativos". Mas a "clara tarde de verão" de sua juventude fracassa diante das nuvens obscuras de W... O contraste entre luz e sombra, sol e chuva, calor e frio é a matriz imagética desse e de outros contos do livro, metaforizando processos internos e externos que acometem as personagens. A lista é grande, ora sinalizando na luz do dia a vibração das pulsões de vida, ora carregando nas imagens do entardecer e da escuridão o contraponto das pulsões de morte. Dois exemplos do conto em foco: a frase "um sol mansinho, como se nascesse naquele instante, cobria as flores e a relva" acompanha o momento em que a namorada sente "a natureza em todas as fibras"; em contraponto, quando "[o] sol já se tinha deitado e no céu sem cor já se viam as primeiras estrelas", a mulher volta pela estrada, após a tarde frustrada com W..., antecipando o tédio do "jantar, [do] longo serão vazio" em sua casa.

O jogo das forças pulsionais, Eros e Tânatos, é visto pela psicanálise como o dínamo que constitui a subjetividade em tensão com a cultura. Eros buscaria a reunião ou ligação fusional, enquanto as intensidades tanáticas levariam à ruptura do que se estabilizou. Agregar os seres numa unidade ou desfazer os laços constituídos são os polos dessa eterna luta. Ambos são interdependentes e, enquanto se tensionam, caminhamos como malabaristas pela vida. Vale dizer que o caos das pulsões nunca será inteiramente ordenado pelos processos simbólicos e civilizatórios. Haverá sempre um resto inassimilável, o que impele o sujeito – incompleto – a persistir na captura de objetos de satisfação. A hipótese é de que os contos aqui reunidos desvendam muito dessa dinâmica pulsional, responsável pelas demandas do desejo e das renúncias inevitáveis. A autora parece intuir, ao longo de toda sua ficção, que esse jogo se equilibra mal, ou seja, um polo pode agir sem o contrapeso do outro e sem casos extremos acontecerem. Clarice sabe, a seu modo, que "o mal-estar na civilização" que Freud enuncia é o preço inconsciente a pagar pela inevitável castração simbólica, porta de entrada dos incontornáveis desafios da subjetivação. Somos fruto do recalque. Por ele, adentramos a neurose; negando-o, somos vizinhos da loucura.

Voltemos ao conto. No intuito onipotente de resgatar o namorado das próprias trevas, a jovem reconhece o dilema em que se encontra: "Ou eu o destruo ou ele me destruirá." Sua inquietação – outro traço conhecido das mulheres de Clarice – acompanha o embate dos afetos, a dor de amar ou o corte necessário (fusão ou separação). A decisão vem numa noite de insônia. Ela diria a ele apenas: "Nós vamos casar." A ingenuidade da moça é flagrante: "Levantei-me com a disposição de uma mocinha no dia do seu casamento." Para conter sua ansiedade, escreve no papel palavras gigantes que a tornam "minúscula" e, assim, esfriam sua empolgação: "Eternidade. Vida. Mundo. Deus. Eternidade. Vida. Mundo. Deus. Eternidade..." Ela se desculpa por desejá-lo tanto: "a culpa é do verão."

A reviravolta abrupta do conto se dá com a chegada "esbaforida" da irmã Mira trazendo a notícia de que W... se matou: "Se matou com um tiro na cabeça". A que rememora assim resume o trauma: "E repentinamente a história se partiu. Nem teve ao menos um fim suave. Terminou com a brusquidão e a falta de lógica de uma bofetada em pleno rosto." Aqui a pulsão de morte se descola de Eros e interrompe a vida de W... Atormentada, a narradora, já casada e com um filho, segue se perguntando "que sentido teve a passagem de W... pelo mundo? que sentido teve a minha dor?". E repete a série dos absolutos impossíveis de serem decifrados: "'Eternidade. Vida. Mundo. Deus.'?" A interrogação é o que resta do suicídio, tema que ressurgirá no penúltimo conto, "Um dia a menos", mais uma vida interrompida cravando a presença inexplicável do enigma da morte.

Se na breve "História interrompida" a relação entre os amantes é ainda pouco esmiuçada, em "Obsessão", o mais longo conto do livro, quase uma novela, a escritora expõe o casal Cristina e Daniel a um olhar cirúrgico. Os detalhes narrados pela mulher em primeira pessoa constroem um perfil patológico de Daniel e, sem dúvida, dos sintomas que ela identifica em si mesma. O relato começa muito antes do dia em que, já casada com Jaime, de "temperamento pouco ardente", Cristina se apaixona por Daniel na pousada em Belo Horizonte, onde se recupera sozinha de febre tifoide. As primeiras páginas se referem à infância "sossegada" até a rotina do casamento, vivendo "facilmente" em família com sua "feliz cegueira", "num círculo onde o hábito há muito alargara caminhos certos". Mas – e as adversativas na literatura clariceana antecipam a crise – uma "melancolia sem causa", uma "vaga insatisfação" rondavam o cotidiano apático. Está armado o cenário para a erupção da desordem que vem desmoronar o sistema bem construído da família de classe média carioca. Ou seja, o que Eros edificou e se consolidou na placidez de um sono automático, Tânatos trata de perturbar.

Daniel é o elemento disruptor, que hipnotiza a atenção de Cristina justamente com palavras que desprezam o "dever" e o "trabalho", zombando da vida "mediocremente (...) feliz" dos "grupos amorfos". Atraída e extasiada por frases misteriosas e perturbadoras, que "escondiam uma harmonia própria" (espelho da potência ficcional clariceana?), Cristina se envergonha de pertencer aos que não se indagam e apenas buscam o conforto. Para Daniel, crítico implacável do *status quo* sociofamiliar, a meta era isolar-se e exceder-se na dor de desejar e não realizar ("as realizações matam o desejo", dizia). Assim a narradora define o estado de Daniel: "(...) quanto mais sofria, mais vivo, mais castigado, quase satisfeito. Era a dor da criação, sem a criação embora." Ou ainda: "Realizar-se seria abandonar a posse e a realização de coisas para possuir-se a si mesmo." A perturbação do "artista" Daniel não encontra canal sublimatório. Fechado para o mundo em seu narcisismo doentio, ainda assim, ou talvez por isso mesmo, Daniel é o encanto fatídico que aprisiona a Bela em seu castelo. Ele "era o perigo. E para ele eu caminhava", reconhece Cristina. A relação se torna um jogo sadomasoquista entre o desprezo e a prepotência dominadora, de um lado, e a humilhação e a servidão, de outro. O gozo de maltratar encontra seu par no gozo de se deixar escravizar: "um prazer doloroso em imaginar-me a seus pés, escrava... Não, não era amor. Horrorizava-me: era o aviltamento, o aviltamento". Ao escrever (pois "sofrer apenas não basta"), Cristina toma cada vez mais consciência da doença de sua paixão: "(...) desejei ajoelhar-me perto dele, rebaixar-me, adorá-lo (...)" Mesmo o seu egoísmo, mesmo a sua maldade assemelhavam-no a um deus destronado – a um gênio." Ela o obedecia, cativada pela ânsia mórbida de viver que Daniel perseguia, paradoxalmente, por "passeios estranhos" como o sofrimento.

    A escrita do "caso" (e do conto) parece elaborar um entendimento sobre os mecanismos extremos em que morte e vida se tocam: "E o maior mal que Daniel me fez foi despertar em mim mesma esse desejo que em todos nós existe latente. Em alguns acorda e envenena apenas, como no meu caso e no de Daniel. A outros conduz a laboratórios, viagens, experiências absurdas, à aventura. À loucura." Freud não diria melhor. Se, por um lado, as renúncias pulsionais resultam em "desejos latentes" que nos convocam a encontrar formas próprias de transitar no mundo em busca de gratificações sempre parciais, por outro, na busca da libertação há o risco iminente de afundar no pântano explosivo das paixões incendiárias e da demência.

A narrativa se torna um romance de formação às avessas, no qual Cristina desperta "simultaneamente mulher e humana" ao preço de anular-se como sujeito singular. O êxtase alcançado pelas vivências "educativas" regidas por Daniel fazia Cristina renascer na "dor que dormia quieta e cega no fundo de mim mesma". Mesmo ciente do abismo em que ambos adoeciam, é incapaz de se libertar. Abandona Jaime e escolhe viver com o seu "poderoso" algoz até deixá-lo também, quando o percebe frágil e desamparado. As forças, afinal, se invertem, e é ela quem o domina. A separação do amante e o retorno ao casamento se fazem notar na imagem do entardecer: "Era um fim de tarde, precocemente sombrio. A chuva gotejava monotonamente lá fora." Mesmo recompondo o matrimônio, Cristina se diz "para sempre sozinha", mas não sem antes aprender com sua via-crúcis mais uma verdade psicanalítica: "agora parece-me impossível que na zona escura de cada homem, mesmo dos pacíficos, não se aninhe a ameaça de outros homens, mais terríveis e dolorosos."

A trilogia dos casais em crise se fecha com "A fuga", um conto centrado numa mulher casada por doze anos que decide sair de casa e não voltar. A narração em terceira pessoa adere à personagem pelo discurso indireto livre, marca registrada da autora. O voo solitário começa na escuridão do dia com a chuva caindo "sem tréguas". A liberdade que tanto buscara trazia alegria, alívio e medo. As "ondas quebravam junto às pedras", em clara alusão à força que precisaria ter para romper a solidez dos seus doze anos de convivência. Afinal, "doze anos pesam como quilos de chumbo. Os dias se derretem, fundem-se e formam um só bloco, uma grande âncora". Como se vê, Eros também pode ser mortífero... Após algumas horas de sua fuga, uma frase lapidar sintetiza, com a simples retirada de um adjetivo, a longa história dos anseios femininos aprisionados: "(...) eu era uma mulher casada e sou agora uma mulher." O estado civil parece sufocar a condição feminina, sobretudo nos anos 1940, quando o conto foi escrito.

A passagem da persona jurídica que delimita os deveres e direitos da mulher casada para um reconhecimento pleno de si é a travessia sonhada pela personagem, que experimenta brevemente um corte (pulsão de morte) para então planejar partir com o navio que se afasta "com suavidade" no "mar quieto", ao "céu de um azul violento, gritante".

O grito de liberdade da protagonista, no entanto, é fugaz. Temendo o passo ousado e arriscado, a mulher casada se põe a racionalizar os motivos de sua desistência: não tem dinheiro para a passagem, a chuva lhe deu frio, "hotéis do Rio não são próprios para uma senhora desacompanhada" – e pode encontrar algum amigo do marido, "o que certamente lhe prejudicará os negócios"... Ela logo reconhece o engodo: "Oh, tudo isso é mentira. Qual a verdade? Doze anos pesam como quilos de chumbo." Também ela, como Cristina, retorna ao lar. Vestida em seu "pijama de flanela azul, de pintinhas brancas", pede ao marido que apague a luz (a chama que ela fracassou em acender para si mesma), recebe um beijo no rosto e promete acordá-lo às sete em ponto.

Há que se considerar nesse retorno ao conhecido não só a culpa que persegue a mulher que transgride o *status quo*, mas também a complexidade de uma cisão: o desejo de pertencimento concorre internamente com o anseio da libertação. Reconhecer-se parte do que a sociedade preconiza, estar em acordo com ela e com as próprias necessidades de segurança e proteção é um valor que a literatura clariceana não desconsidera. E por isso não julga suas criaturas. Ao contrário, demonstra compaixão por serem demasiadamente humanas.

Aqui é possível reencontrar algumas mulheres clariceanas de outros romances e contos imersas em conflitos semelhantes. Cito uma delas. Em "Amor", de *Laços de família* (1960), Ana vive a sua "fuga" imprevista ao voltar com as compras do mercado sentada no bonde. Sentindo-se segura e apaziguada por ser uma boa esposa e mãe, estremece ao avistar um cego mascando chiclete no ponto do bonde. O mundo organizado desmonta, a sacola despenca e os ovos se quebram, com a gema escorrendo por entre as cascas – metáfora fundante do que excede a continência do recalque. A vida escorre para fora das defesas, e Ana, desorientada, atravessa os portões do Jardim Botânico. Ali pulsa um mundo sem limites, onde vida e morte são um *continuum* e as pessoas são feitas da mesma matéria que a natureza, concepção monista (e spinoziana) que Clarice ensaia já em *A bela e a fera* (sem que ainda tome a forma plena, por exemplo, de um "estado de graça", vivido por Lóri em *Uma aprendizagem ou o livro dos prazeres*, de 1969). Em suma, trata-se de pertencer a um abrigo ou se expor às intensidades sem medida. Ana interrompe, por uma tarde, a corrente automática da vida. E, assim como a fugitiva do conto anterior, precisa voltar aos papéis domésticos (fugir da fuga...). Lembra-se dos deveres com a casa e os filhos, saindo do transe mágico no Jardim em direção ao lar. No quarto, é ela quem sopra, como uma vela, "a pequena flama do dia", enquanto a protagonista de "A fuga", em final melancólico e em chave inversa às horas em que foi livre, vê o navio "dentro do silêncio da noite" afastar-se "cada vez mais"... Evita-se, novamente, o perigo de viver.

Na contramão dos textos anteriores, há um conto em que o caminho feminino será outro. Não por acaso, em "Gertrudes pede um conselho" a protagonista é uma adolescente de 17 anos ainda não formatada pela domesticação social. Seu apelido é "Tuda", talvez uma versão feminina do pronome indefinido absoluto "tudo", justamente para quem "[t]udo era confuso e só se exprimia bem na palavra 'liberdade'". A personagem espera na sala do consultório a hora em que será chamada pela doutora, a quem enviara cartas pedindo ajuda para suas dúvidas existenciais. "O sol amarelo derramado sobre tudo" sugere a clara abertura que a personagem trazia em si, depositando no suposto saber do Outro uma verdade que não alcançava.

O fluxo errático de seus pensamentos vem à tona pela voz onisciente. Tuda pensa demais nas coisas e não consegue dormir. Já resolveu se suicidar, porém não queria mais. Enquanto aguarda os conselhos da doutora, vive o medo do ridículo, de não ser compreendida ou do possível desencanto com a desconhecida. "Tornara-se bem livre... Mas isso não significava estar contente. E era exatamente o que a doutora iria explicar." Iria? Às vezes vivia uma felicidade insuportável ao ver uma simples folha caindo; outras, "caía num choro abafado". Sentia-se uma pessoa "extraordinária", "sonhava acordada" com uma multidão "quase a adorá-la". Mergulhada no imaginário, desejava aventuras, acontecimentos. Ou seja, faltava-lhe a experiência real. As inconstâncias dessa vida sem contornos, em que Eros pulsa como o sol do dia, são a matéria de que Gertrudes é feita. Sente um "fogo que ardia dentro dela" e afirma a si mesma: "Tenho dezessete anos e acho que já posso começar a viver." Não se escutaria aqui um eco da personagem Joana, do romance de estreia *Perto do coração selvagem* (1944)? Como Tuda, a protagonista Joana também deseja ser quem é, expressar sem freios sua força natural e irrefreável: "Por que ela estava tão ardente e leve, como o ar que vem do fogão que se destampa?" Tuda é Joana amanhã.

Quando, enfim, Gertrudes é chamada e conhece a doutora, a decepção toma conta. As sentenças que ouve – "Idade difícil", "A puberdade traz distúrbios", "Arranje um namorado" – humilham seu vasto mundo ensolarado, pronto para viver coisas grandes. O Outro, nossa garantia ilusória de certezas, falhava... E novamente as imagens de luz e sombra surgem para configurar a frustração: "Uma nuvem tapou o sol e o escritório ficou de repente sombrio e úmido." O conto confronta dois femininos, separados pela distância das idades. A "conselheira" deixa transparecer seu cansaço, seu desânimo em duelar com a vida, enquanto Tuda resiste a ser emoldurada, cerceada em sua vitalidade. De repente, uma frase da doutora parece fazer sentido e Tuda volta a ter esperança de ser entendida: "Os sensíveis são simultaneamente mais felizes e infelizes que outros." Tuda sai elevada, sentindo-se reconhecida. "Alguém tocara levemente nas [suas] névoas misteriosas." A presença do Outro, afinal, é condição indispensável para o reconhecimento de si como sujeito.

Ainda entre os contos da juventude, há dois que se correspondem por narrar estados alterados de consciência de homens em situação vulnerável. Um deles é o doente do conto "O delírio", texto que pode ser lido como uma metáfora da escrita. O enfermo é um escritor que se debate em febre na cama da pensão onde se hospeda. Delirante, na meia-luz entre a vigília e o sono, a realidade e a fantasia, sente que a Terra "arquejante, rompe-se de súbito com estrondo, numa ferida larga (...) Vomita borbotões de barro a cada grito". Novamente, o narrador se acumplicia ao doente e traz as imagens sinestésicas da narrativa de um insólito amanhecer: "Uma luz muito doce se espalha sobre a Terra como um perfume. A lua dilui-se lentamente e um sol-menino espreguiça os braços translúcidos. (...) Um par de asas dança na atmosfera rosada. Silêncio, meus amigos. O dia vai nascer." O enredo cósmico prossegue e figura um parto: "Um queixume longínquo vem subindo do corpo da Terra (...) Então o sol apruma o tronco e surge inteiro, poderoso, sangrento." E mais adiante: "De repente, novo rugido. A Terra está tendo filhos? As formas dissolvem-se no ar, assustadas."

Quando o sol e "os seres de luz" nascem, a Terra exaurida murcha "em dobras e rugas de carne morta". A descrição com traços simbolistas, hipérboles grotescas e luminosas, destoa da linguagem mais contida da segunda parte, que traz o sonhador febril à vigília. Uma moça morena apaga a luz do quarto e busca dar conforto ao doente. Ele chora, ainda sob o impacto das visões: "A terra murchou, moça, murchou. Eu nem sabia que dentro dela tinha tanta luz." Ela o afaga, acarinha seus dedos e o beija... nos lábios. "Agora suas têmporas deixam de latejar porque duas borboletas úmidas pairam sobre elas. Voam em seguida." Temos aqui dois quadros narrativos que se juntam: o delírio do embate entre Terra e Sol nascido da febre e um idílio amoroso em meio ao transe. O parto da escrita ficcional, figurado na narrativa cósmica, ganha afinidades com o delírio enlouquecido na metáfora do conto. Escrever, para Clarice, pode flertar com a loucura... A literatura parece nascer da potência de Eros e seu "sol, puro e cruel, espalhado por cima de tudo". O Sol e a miríade de "cores lilases", "delgadas flautas" e "melodias frágeis" acenariam ao próprio texto criado, mas não sem a violência de rasgar a Terra, símile do corpo do autor febril vencido na luta da criação.

O escritor não nomeado acorda e reencontra a moça que o visita, afilhada de Dona Maria, proprietária da pensão. Ambos se reconhecem e se envergonham – ele, pelas "frases loucas que lhe escaparam, sem raízes" no delírio; ela, pelo beijo roubado. Mostram-se inclinados a viver o romance, mas ele se inquieta, fatigado, sente-se covarde: "O terraço sombreia-se. Onde está o sol? Tudo escureceu, faz frio." E entre a mulher da realidade e o real do "material poético" de suas visões, decide pela criação e pede "avidamente" papel e lápis. Está "magro, pálido, parece que chuparam todo sangue de dentro", alerta D. Maria. "Se ela soubesse", pensa ele, "que esforço lhe custava escrever...(...) E enquanto não cobria o papel com suas letras nervosas, enquanto não sentia que elas eram seu prolongamento, não cessava, esgotando-se até o fim."

Difícil não trazer aqui a sentença de Clarice, anos depois, sobre a própria escrita: "Escrever (...) é uma maldição, mas uma maldição que salva."

"Mais dois bêbedos" fecha o conjunto dos contos juvenis. Aqui a embriaguez é o fio condutor de uma conversa patética e sem senso entre o narrador alcoolizado, fugindo de uma noite solitária, e um estranho que ele paga para beber junto. O escolhido é referido como "um destroço", alguém que o narrador imaginava inferior a precisar dele. Mas o bêbado eleito é puro silêncio, o que o ofende: "silenciava simplesmente por não reconhecer minha superioridade." Com essa postura preconceituosa, acaba sabendo que o filho do desconhecido estava doente, aos cuidados da mãe sozinha. Indignado, o narrador interpela o outro criando uma história dramática em que imagina "a criança estertorando, morrendo. Morre. Sua cabecinha está torta, os olhos abertos, fixos na parede, obstinadamente". E segue a trágica narrativa, como um conto dentro do conto, cujo final inventa uma mãe em atitudes enlouquecidas que assustam os vizinhos. Nem assim o pai ébrio se comove.

Mas o enredo caminha por momentos cômicos até chegar às confissões angustiadas do próprio narrador em sua embriaguez. Se antes ele se via muito acima do outro, achando-se consciente de seus sentimentos enquanto o parceiro de copo era uma "nebulosa de homem", as últimas páginas do conto quebram essa prepotência. Ao pensar na permanência da Lua "alta no céu" diante da pequenez humana, ele mostra toda sua fúria e dor pela própria finitude. Vale citar o trecho: "Dói-me aqui, no centro do coração, ter que morrer um dia e, milhares de séculos depois, indiferenciado em húmus, sem olhos para o resto da humanidade, eu, EU, sem olhos para o resto da humanidade... e a lua indiferente e triunfante (...) E eu morto!" Depois cai no choro sobre a mesa e exclama baixinho: "Não quero morrer! Não quero morrer..." Novamente é a morte que aparece como temática recorrente do livro.

Não é preciso dizer que a bebida aqui vem tamponar o desamparo, condição inalienável do sujeito, segundo a psicanálise. Mas o excesso alcoólico acaba trazendo à tona o que se queria ocultar. É pela nossa prematuridade desamparada que dependemos da alteridade e a ela nos abrimos. A autossuficiência e a onipotência são postas em xeque no conto como defesas contra a consciência da finitude e a incômoda diferença do outro. Tais atitudes seriam formas ilusórias de negar a incompletude constitutiva de cada um de nós. Na busca do outro, o narrador encontra a si mesmo e sua angústia de morrer.

O par de contos que encerra o volume recolhe vários fios aqui comentados. "Um dia a menos" já se inicia com a referência à morte: "Eu desconfio que a morte vem. Morte?" A voz é de Margarida Flores, uma mulher solteira, presa ao vazio de sua existência, à espera de ao menos um telefonema. Seu dia transcorre rotineiro, oco e repetitivo: "nenhum compromisso, nenhum dever, nem alegrias nem tristezas." Sua única companhia é Augusta, a empregada, personagem constante na obra clariceana, que ocupa o lugar de uma alteridade íntima, a outra de classe social, muitas vezes sábia e intuitiva. Mas, aqui, Augusta está em férias por um mês. O vazio se aprofunda.

A estrutura narrativa acompanha o traço de repetição que a face de Tânatos promove. As anáforas "E depois?" e "Então" atravessam o enredo, demarcando que a vida inútil, sem Eros pulsante ("ser virgem aos trinta anos, não tinha jeito, a menos que fosse violentada por um marginal"), não tem um "depois". Os fatos são ralos e o que move o dia é o relógio contando as horas para o "depois". O deslizamento do foco narrativo para a terceira pessoa ocorre já no segundo parágrafo e a voz de Margarida surge mediada pelo narrador. O intervalo da onisciência mostra que a personagem não se sustenta exatamente sozinha. A aproximação com Macabéa, de *A hora da estrela* (publicada no mesmo ano do conto), se impõe, com a diferença de que Margarida não é uma pobre nordestina numa "cidade feita toda contra ela", ainda que a protagonista de "Um dia a menos" afirme: "É que as coisas simplesmente não eram do seu lado." E assim como Macabéa não se indagava, Margarida Flores "nunca se detivera para pensar se era ou não feliz". Duas mulheres sem lugar de pertencimento, sobrevivendo à deriva.

Se o erotismo de Margarida está esvaziado, não se pode dizer que está morto (como nunca está). Dois momentos curiosos no conto marcam sua presença. No primeiro, ela devaneia receber uma chamada telefônica de uma "voz masculina tão macia" que a convidaria para um drinque na Confeitaria Colombo. No segundo, o erotismo está mais disfarçado, fragmentado, quase proibido. Ela escuta na rádio um trecho de um pensamento: "'flauta e viola' disse o homem e de repente ela não aguentou e desligou o rádio. Como se 'flauta e viola' fossem na realidade o seu secreto, ambicionado e inalcançável modo de ser. Teve coragem e disse baixinho: flauta e viola." O simbolismo dos instrumentos e suas formas de orifício e falo não poderiam aludir ao encontro sexual entre o masculino e o feminino tão desejado? Secreto e inalcançável...

Voltemos a outras afinidades com Macabéa, sobretudo na parte final (e aqui salto o miolo do conto, quando Margarida recebe o acontecimento tão aguardado: um telefonema! Mas era engano...). Quando o dia finalmente termina, a insônia é descrita em três linhas reiterativas: "De olhos abertos./ De olhos abertos./ De olhos abertos."/ De olhos abertos". Mergulhada na solidão amargando a mesma galinha "esbranquiçada e pelenta" comida nas refeições (e quantas outras galinhas não povoam a obra de Clarice!), sentindo a ausência de projetos, com pensamentos impotentes – tudo isso ela parece ver "de olhos abertos". Lembrou-se das pílulas que pertenciam à mãe e "copo após copo engoliu todas as pílulas dos três grandes vidros". Afinal, ninguém "saberá julgar se foi por desequilíbrio ou enfim por um grande equilíbrio". Volta-se ao suicídio do primeiro conto e, pela ironia trágica clariceana, Margarida "no segundo vidro pensou pela primeira vez na vida: 'Eu' (...) Toda ela enfim estreava". A cena se assemelha à de Macabéa, caída na sarjeta após ser atropelada: "só agora entendia que mulher nasce mulher desde o primeiro vagido." Mulheres com o sinal de *menos* em vida, ambas reencontram um "eu" perdido e estreiam seu sujeito feminino na hora da morte.

A última protagonista é o avesso das anteriores. Ela vive, com sua riqueza, o excesso falso de pertencimento. Carla de Sousa e Santos, do conto "A bela e a fera ou a ferida grande demais", é uma rica quatrocentona carioca de 35 anos (a marca, diz ela, está no "de" e no "e" de seu nome) e terá uma experiência atordoante na calçada do salão de beleza do Copacabana Palace às quatro da tarde. A fenda em sua vida arrumada de mãe e esposa não será provocada por um cego no ponto do bonde, mas por um mendigo com uma ferida na perna. A personagem é exposta ao perigo do encontro com a alteridade no espaço público ao sair do salão antes do horário do chofer chegar. É nesse intervalo, espaço em branco inabitual, que irrompe o estranhamento com o outro "de espécie diferente da dela", segundo o narrador. O homem sem uma perna lhe pede dinheiro e sua reação é gritar sussurrando "Socorro!".

Lispector quer flagrar em seus textos justamente o instante em que a assimetria inicial entre as personagens dá lugar a processos de identificação entre o eu e o outro. Após o susto, Carla pensa: "Mas, mas a morte não nos separa", o que faz seu rosto endurecer e tomar "o ar de uma máscara de beleza e não beleza de gente". A partir daí, o diálogo entre a rica e o mendigo acaba por diminuir a distância entre eles, na medida em que Carla se percebe igualmente "mendiga" (mendigava amor e aprovação social) e "ferida" por ter um marido que a traía. Seu repertório de vida se mostra vazio, sem saber o valor de uma esmola e o que dizer para um mendigo ("esse mendigo sabe inglês?"). Percebe-se tola. Subitamente sente que tudo se imobiliza ("Os ônibus pararam, os carros pararam, os relógios pararam (...) só seu coração batia") e o espelho narcísico, que antes só refletia ela e seus pares, surge rachado. Ela se vê "uma incapaz (...) como numa fotografia fora de foco". A imagem egoica que a sustentava se mostra uma máscara frágil e distorcida. "Faziam tudo por ela. Até mesmo os dois filhos – pois bem, fora o marido que determinara que teriam dois..." Carla entra em análise: "Afinal de contas quem era ela?"

O desmoronamento das camadas identificatórias no confronto com a diferença radical teve seu ápice no romance *A paixão segundo G.H.*, de 1964. Sua matriz – o encontro de uma burguesa com uma barata no quarto da empregada Janair – ressurge na crônica "Perdoando Deus" (uma mulher quase pisa em um rato morto na avenida Copacabana) e aqui, condensada e explicitada à luz da pobreza e da desigualdade social. Agora "O mundo gri-ta-va!!! pela boca desdentada desse homem". O contato com o que foi recalcado pela ordem civilizada reaparece causando angústia, tal como Freud conceituou em seu ensaio "O infamiliar". Como a Bela, Carla encara a sua ferocidade, escondida por trás da máscara da beleza. A ferida do mendigo afeta a sua visão de um mundo perfeito: "Tomava plena consciência de que até agora fingira que não havia os que passam fome (...) Ela soubera sim, mas desviara a cabeça e tampara os olhos."

O chofer José tenta apaziguar o mal-estar da patroa no carro. "Hoje no baile a senhora se recupera e tudo volta ao normal." É esse "normal" que Clarice problematiza em suas narrativas. Como retornar a ele após um corrosivo encontro com a brutal verdade da vida e de si mesma? "Nunca mais seria a mesma pessoa", afirma, pois agora ela sabia que "esse mendigo era feito da mesma matéria que ela". Tão diferentes e tão iguais.

Ao fim desse breve percurso pelos oito contos, pode-se dizer que o realismo singular de Clarice é perturbador, acachapante e ao mesmo tempo iluminador de nossas mazelas e possibilidades. Subjetivar-se, afinal, é enfrentar o atrito com o outro do mundo e com os próprios fantasmas, e a sondagem minuciosa desse conflito é a maestria maior de nossa autora. Para o filósofo Deleuze, o escritor é um "médico cultural", capaz de identificar a desordem de uma sociedade doentia. E, por libertar com palavras o fluxo e a potência das forças contidas, a literatura seria, então, "um empreendimento de saúde".

A magia desencantada na terra dos homens e mulheres de Clarice encontra, na linguagem única da escritora, um sopro de vida que nos desperta para a empatia perdida, para a visão nova do instante e para saborear e/ou padecer um dia a mais.

Retratos artísticos da hora perdida
Claudia Nina

"Fui moldada em tantas estátuas e não me imobilizei."

Clarice Lispector

Nem um mínimo fragmento de minuto é desperdiçado por Clarice Lispector. A autora, que no belíssimo "Feliz aniversário" anunciou que a verdade é "um relance", faz da frase a epígrafe de uma estética marcada pela vigília do tempo. O que normalmente escapa à sensibilidade comum é o que faz a matéria de grande parte dos seus escritos, em especial os contos, onde, a meu ver, brilham mais fortemente suas palavras.

Uma pausa se faz necessária para a leitura atenta desta edição de *A bela e a fera*, onde estão textos de uma jovem Clarice, pré-publicação de *Perto do coração selvagem* (1943), ainda tateante no seu ofício, mas capaz de desnortear os dias observados, mesclados a dois textos deixados em manuscritos, em 1977. Há muito o que dizer quando estes dois mundos de Clarice se encontram na potência de um livro-documento, perturbador no sentido de revelar relances imprevistos desta autora inesgotável.

Antes de chegar mais perto de cada um dos textos, vale lembrar que quase todas as protagonistas são mulheres na tarefa de capturar os interditos, cada qual à sua maneira. Estão sozinhas, mas dentro da solidão há mais espaço para a busca, a descoberta e a revoada de pensamentos dispersos do que para a melancolia paralisante. Esta – a melancolia – existe sim, incontornável; não há como escrever a vida sem perceber os instantes indóceis, vazios, sonolentos, próximos à morte. No meio da vida, ops, descobre-se que também se morre.

Entrar em conexão com a literatura de Clarice Lispector é aceitar a percepção da existência de forma ampla, o que remete aos "leitores de alma formada" a quem ela recorria em *A paixão segundo G.H.* (1964). Por almas formadas, não se entendem os experts ou acadêmicos. São os leitores que fazem seu papel de receptadores dos relances coletados pelo olhar de Clarice, sem pressa. Eles percebem lentamente, página a página, como um despertar de epifanias contíguas, o que Clarice percebe em seus retratos artísticos das horas e que, nas mãos dos mortais, estaria perdido.

A bela e a fera abre com "História interrompida" e, já nos primeiros parágrafos, a estética que Clarice desenvolveu revela a sua origem. A jovem protagonista vive um processo emocionalmente difícil ao lado de um amor triste que por isso não a recupera. Ao citar o homem autodestrutivo com quem se defronta, diz que ele está imerso no sentimento de que "sua vida se resumia num monte de cacos: uns brilhantes, outros baços, uns alegres, outros como um 'pedaço de hora perdida', sem significação, uns vermelhos e completos, outros brancos, mas já despedaçados".

Inevitável a referência ao romance *A maçã no escuro*, quando Martim está diante de uma audiência de pedras, às quais fala, na solidão absoluta, como se as pedras fossem pessoas. Ao dar humor aos cacos – "uns alegres" –, Clarice antecipa parte do processo de estranhamento da linguagem que foi uma de suas marcas essenciais.

A narrativa segue com outro parágrafo que precisa ser destacado pelos mesmos motivos: "Eu, na verdade, não sabia o que retrucar e lamentava não ter um gesto de reserva, como o seu, de alisar o cabelo, para sair da confusão." A autora elabora o que iria fazer em toda a sua obra: dar potência aos pequenos gestos, que, observados como relances filosóficos, trazem a verdade das coisas silentes.

Estes movimentos minúsculos, mas dramáticos, cheios de personalidade, espalham-se por todo o conto: "Ele ergueu os olhos para mim, levantou a mão sonolenta e acariciou os cabelos. Depois pôs-se a riscar com a unha os desenhos em xadrez da toalha da mesa." Os gestos dos convidados de "Feliz aniversário", por exemplo, para recorrer novamente à obra-prima do gênero, mostram o quanto Clarice manteve-se fiel às origens da sua estética das horas.

Em "Gertrudes pede um conselho", a personagem é igualmente jovem e está às voltas com uma insônia repleta de pensamentos. Precisa de ajuda profissional para se livrar de "uma inquietação sem nome". Os relances, a captura das mínimas observâncias e as entrelinhas, surgem com a força que iria ser amplificada nos anos seguintes: "A menina era mais perspicaz do que pensara. Não, não era a verdade. A doutora sabia que se pode passar a vida inteira buscando qualquer coisa atrás da neblina, sabia também da perplexidade que traz o conhecimento de si própria e dos outros".

Perplexidade. Penso nesta palavra como central na obra de Clarice, pois é dela que nasce a necessidade de escrever sobre o que passaria em branco, não fosse o sentimento que desperta o estranhamento diante do banal. Neste momento me lembro de uma das jovens que tirou nota máxima na redação do Enem e disse ser leitora de Clarice Lispector desde os 13 anos. Alguém assim certamente gosta de se confrontar com as perplexidades da vida em vez de se contentar com a certeza dos dias exatos e falsamente plenos que se vê nas redes sociais, onde a vida dos outros é polida, bela, organizada e sempre feliz. Gertrudes, por exemplo, que em breve se tornaria "uma mulher caminhando sobre a planície desconhecida", seria uma leitora de Clarice, não fosse sua personagem.

Falando em polimento, outra citação de Clarice me vem à mente e penso que, dentro da sua escrita, ela deixou os rastros anunciados da sua forma de criar, como uma de suas célebres frases em que diz que nunca fora "daqueles para os quais os seixos já vêm prontos, polidos e brancos". Esse aspecto de uma escrita tortuosa é o mesmo que faz com que seu leitor também seja alguém que espera algo mais da vida para além da calmaria dos dias falsamente envernizados. Uma esperança nunca é apenas um inseto, e o leitor de Clarice é aquele que acompanha as revelações no tempo em que elas surgem.

O conto "Obsessão" é marcado por descrições, indagações e, acima de tudo, por uma paixão – Daniel. A jovem não sabe como se mover diante do que sente pelo homem e tão pouco conhece a que destinos estes sentimentos confusos irão conduzi-la. "Por isso tudo, a minha história é difícil de ser elucidada, separada em seus elementos. Até onde foi o meu sentimento por Daniel (uso esse termo geral por não saber exatamente qual era o seu conteúdo) e onde começava o meu despertar para o mundo? Tudo se entrelaçou, confundiu-se dentro de mim e eu não saberia precisar se meu desassossego era o desejo de Daniel ou a ânsia de procurar o novo mundo descoberto."

Descoberta de mundo, despertar. Expressões semelhantes revelam o processo de autoconhecimento da jovem protagonista a partir do momento em que ela igualmente desperta para o entendimento de quem era Daniel de fato, suas verdades intrínsecas. "Conheci mais tarde o verdadeiro Daniel, o doente, o que só existia, embora em perpétuo clarão, dentro de si próprio. Quando se voltava para o mundo, já tateante e apagado, percebia-se sem apoio e, amargo, perplexo, descobria que apenas sabia pensar."

Descobrir-se além das paixões equivale a buscar partidas, como reflete a personagem nesta belíssima frase: "Tudo servia-lhe de partida. Um pássaro que voava, lhe lembrava terras desconhecidas, fazia respirar seu velho sonho de fuga." Lembrando que "A fuga" é o título de um dos contos que se seguem, o que traz uma certa harmonia de temas para este conjunto de textos tão singular.

Mais uma vez aqui, o poder dos pequenos gestos se repete: "Um pequeno gesto, um sorriso prendem-se como um anzol a um dos sentimentos que repousam enovelados no fundo das águas sossegadas e leva-o à tona, fá-lo gritar acima dos outros." O grande triunfo é o de se descobrir livre, coberta de coragem. Os momentos finais do texto, em que o embate silencioso de forças entre a protagonista, renovada em ímpeto, e Daniel se intensifica, é um dos pontos altos da coletânea.

"O delírio" acende velas a Clarissa Dalloway, personagem de Virginia Woolf. Não há como dissociar as descrições deste longo conto das possíveis inúmeras referências ao romance de Woolf, com quem Clarice Lispector nasceu parecida, tendo fortalecido uma voz inigualável durante sua trajetória artística. O dia para este homem febril e delirante (sim, aqui um homem) é marcado como as listras do sol nos móveis e no chão dos aposentos. Tudo milimetricamente observado. O que é simples e corriqueiro não é nem simples nem corriqueiro e até mesmo um leve movimento da Terra parece um rugido. Os rios estão loucos, os troncos das árvores sangram.

As descrições prosseguem no conto intitulado "A fuga", onde a mulher está com medo e cansada. Começou a ficar escuro e ela não sabia se continuava andando ou voltava para a casa. Há 12 anos (que "pesam como quilos de chumbo") era casada e estar em liberdade na rua por algumas horas havia lhe restituído quase inteira. As reflexões que nascem a partir desta breve jornada solitária aproximam o texto de alguns trabalhos de Clarice, especialmente do inaugural *Perto do coração selvagem*. Eis um trecho: "Os desejos são fantasmas que se diluem mal se acende a lâmpada do bom senso. Por que é que os maridos são o bom senso?"

A mulher passeia pelos bairros do Rio de Janeiro de ônibus em busca do mar ou de qualquer liberdade outra, como encontrar um mundo que não tinha fim. "O mar revolvia-se forte e, quando as ondas quebravam junto às pedras, a espuma salgada salpicava-a toda. Ficou um momento pensando se aquele trecho seria fundo (...) as águas escuras, sombrias, tanto poderiam estar a centímetros da areia quanto esconder o infinito." Interessante observar que o mar seria também, em vários escritos, especialmente contos e crônicas, uma referência eterna em Clarice Lispector.

"Mais dois bêbedos" é um texto bastante inusitado, que deposita os leitores em bares, na ziguezagueante falta de rumo de dois homens pelas ruas. "Procurei um homem ou uma mulher. Mas ninguém me agradava particularmente. Todos pareciam bastar-se, rodar dentro de seus próprios pensamentos."

Tem-se a impressão de que, com maior evidência, Clarice ensaiava seus experimentos, como um exercício de criação livre, fugindo ou aproximando – não importa qual – de seu estilo, no direito pleno de escrever o que desejasse até que se sentisse pronta para surgir oficialmente com o fulminante romance *Perto do coração selvagem*.

Na segunda parte da coletânea, estão os dois contos finais e tardios, que datam de 1977. O primeiro deles, "Um dia a menos", é uma espécie de pensamento em voz alta sobre os dias que correm e que desaguam não se sabe onde, pois um questionamento atravessa o texto de ponta a ponta: "Depois. Depois?"

O que se segue às perguntas que a personagem faz a si mesma, solitariamente, são os pequenos gestos banais envelhecidos, como ler revistas antigas ou tomar um café requentado, esquentar uma galinha que tinha sido um almoço de algum dia, vestir uma camisola rasgada. Tudo parece já ter passado da data, tudo é um passado sem possibilidade de restauração plena, e o que virá não se sabe, pois o futuro é uma construção duvidosa. Vale lembrar que nos escritos tardios de Clarice, como *A hora da estrela*, a reflexão sobre a morte está no centro das indagações de Rodrigo S.M., o narrador.

"A bela e a fera ou A ferida grande demais" retoma o cenário da mulher sozinha, refletindo sobre o que fazer daquele tempo só dela. Neste momento, ao contrário do conto anterior, o que existe é um presente solar, mas sobressaltado pelas surpresas que atravessam a personagem em sua trajetória na rua, como o homem sem perna lhe pedindo dinheiro para comer. O episódio corta em duas metades distintas a realidade daquela mulher para quem, a princípio, não existiam feridas expostas.

Novamente aqui, os dias brilhantes nunca são eternamente solares sem que algum acontecimento venha transformar o estado em que as coisas cintilam. Entre a mulher bem colocada socialmente e linda, existem os outros e a morte. "Ela – os outros. Mas, mas a morte não nos separa, pensou de repente e seu rosto tomou o ar de uma máscara de beleza e não beleza de gente: sua cara por um momento se endureceu."

Não se deve esquecer o sublime "Restos do carnaval", em que a felicidade (clandestina) da menina pelas ruas do Recife é abruptamente interrompida pelo pedido da irmã para ir à farmácia e comprar um remédio para a mãe doente. Os cortes destas realidades, os solavancos, as perplexidades e os revezes nos textos mostram ao leitor que nada é retilíneo ou imutável, mesmo na aparente calmaria das tardes de sol...

A obra de Clarice Lispector é uma construção orgânica e pulsante. Está tão viva que pode dar voz ao diálogo entre suas diversas personagens. Um texto de 1940 entra em contato com um de 1977 e com tantos outros aparentemente inalcançáveis no espaço da criação, seja pela similitude de temas ou apenas pelo elemento da "busca", que é sem dúvida uma das grandes questões na obra da autora.

Quando se mergulha em seus contos, romances e crônicas, percebe-se os movimentos criativos, obsessões, pontos de fuga, delírios... Um texto chama o próximo que chama o próximo. Muito raro um leitor de Clarice ser o leitor de um de seus livros apenas, pois existe uma misteriosa rede de conexões entre tudo o que ela escreveu, convidando os leitores a se aprofundar em suas águas vivas...

Além, claro, de alguns impactantes personagens masculinos, que igualmente aparecem nesta seleção; Clarice criou uma variedade impressionante de mulheres em diferentes idades e momentos, a maioria enrodilhada em rotas de fuga ou em aprisionamentos dos quais precisam se livrar. Elas são sem dúvida a maior força dos contos de *A bela e a fera*.

Este livro é um documento por vários motivos. Não só por revelar o início do processo criativo de uma autora imensa, como também por mostrar os caminhos de produção de textos reunidos *a posteriori* e que deixou quietos por um longo tempo. Quanto Clarice ainda iria trilhar dali para a frente! Ela não poderia nem sonhar com o sucesso que viria. Naqueles longínquos 1940, estava uma mulher muito jovem, mas decidida a escrever sem medo de emprestar a alma aos seus textos. Imaginem o tamanho desta coragem, quando ainda hoje as mulheres se debatem com tanta incredulidade em relação ao seu ofício.

A bela e a fera é um delicioso convite para que o leitor conheça a jornada criativa de Clarice Lispector e refaça com ela seus passos de criação do começo ao fim, passando por tudo o mais que ela deixou em sua grandiosa descoberta de mundos.

A ferida grande demais
José Castello

Dizemos que ocorre um curto-circuito quando uma tomada ou um interruptor tem seus dois fios ligados a um terceiro fio com o mesmo potencial. Da mesma forma, só consigo pensar em um curto-circuito enquanto leio *A bela e a fera*, livro de contos de Clarice Lispector lançado postumamente em 1979, dois anos após sua morte.

Escritos entre 1940 e 1941, quando Clarice acabava de chegar à maioridade, os seis primeiros contos guardam o mesmo impacto, as mesmas dúvidas, produzem o mesmo choque que os dois últimos relatos do livro, datados de 1977, ano da morte da escritora. Essa equivalência de forças produz na mente de seu leitor uma pane, que parece vergar o tempo, deformá-lo, confirmando assim que ele não significa coisa alguma, é só uma invenção humana. Que mulher é essa que escreve uma longa e magnífica obra, que avança e avança para, ao fim, chegar ao mesmo lugar?

Começo pelo fim, justamente pelo conto que empresta seu título ao livro, e também o mais maduro dos oito relatos. Creio que ele serve de modelo para tudo o que se leu antes, e chego a pensar se, subvertendo a ordem cronológica, ele não deveria abrir o livro em vez de fechá-lo. O subtítulo é não só doloroso, mas perturbador: "A ferida grande demais." Ele indica tudo aquilo que as palavras, apesar de seus esforços, não conseguem abarcar.

Tento esboçar um resumo. Saindo do cabeleireiro, uma madame carioca esbarra na calçada da avenida Copacabana com um mendigo. Como um troféu, ou uma medalha de guerra, ele exibe uma imensa ferida na perna. De repente, tudo se paralisa. Diante do homem que vive em um mundo que ela desconhece e que a repugna, a mulher descobre que não sabe lidar com a realidade. Na sequência, lhe vem à mente, surgida não sabe de onde, uma frase de Eça de Queirós sobre um lago que resplandece. Junto a essa imagem, emerge o desejo súbito e despropositado de matar o mendigo.

Não era uma mulher de chiliques, mas a visão do mendigo – que desmascara, por contraste, sua vida de mulher serena em seu segundo casamento – a paralisa. "Eu estou é brincando de viver (...) a vida não é isso", pensa enfim. A ferida na perna do mendigo descerra, por contraste, a grande crosta de empáfia e orgulho que a protege do mundo. Rompe a máscara elegante da mulher rica, cujo marido tem duas amantes que ela, por comodidade, finge ignorar. O homem e sua ferida espelham sua desgraça. Iluminam tudo aquilo que ela sempre tentou evitar. Descobre-se, então, frívola e diabólica. Passa a se ver como o Diabo e, em consequência, o mendigo seria Jesus.

A cabeça da mulher, que até ali era estática e vazia, agora se enche de pensamentos turbulentos. Velhas feridas se abrem. Como horror, ela se dá conta, então, de que ela e o mendigo são iguais. "Eram iguais porque haviam nascido e ambos morreriam." Era a mulher a fera, e o mendigo a bela? Mil úlceras se abrem em sua cabeça, de modo que a mulher já não consegue pensar. É dessa desorganização íntima, que a leva, na verdade, à humanização, que trata o conto final de Clarice.

Dou um salto para trás e volto ao primeiro conto do livro, "História interrompida". Nele também existe um ferimento que lateja. Há um homem, W..., cuja vida não passa de um monte de cacos. Perplexa, a narradora suspeita que ele seja um artista – já que só artistas conseguem tirar vida e potência da devastação. Surge-lhe o desejo, impossível, de salvar o homem dele mesmo. Com sua mente analítica e brilhante, ele não percebe que, em vez de decifrar, ele estraçalha o real. Pois, para analisar um objeto, é preciso primeiro feri-lo, fatiá-lo, matá-lo.

Ao observar o paradoxo em que o homem se move, a mulher descobre que a análise – a construção – tem, também, um potencial de destruição. E que, ao fim desse caminho, retornamos ao início do mesmo caminho, isto é, voltamos à pergunta primordial sobre o sentido, ou a falta de sentido, da existência. Os relatos de Clarice – e aqui incluo os romances – terminam, sempre, como imensas janelas abertas. Não chegamos a um lugar preciso, não encontramos respostas ou soluções, nenhum crime ou enigma é decifrado – nada. Tudo o que a leitura produz em nós é o assombro, o espanto, a confusão. Não há, de fato, nada a entender na experiência humana, há apenas que viver e tentar ser feliz.

Apesar disso, continuamos a insistir na busca de respostas. É o que acontece com a protagonista de "Gertrudes pede um conselho". Aos 17 anos, sentindo-se desamparada diante de um mundo que não consegue entender, Gertrudes procura uma "conselheira" – que parece ser uma terapeuta. "Não gosto de nada, sou como os poetas", diz na carta em que pede ajuda. A inquietação a consome. Assusta-se porque o mundo lhe parece uma estrada obscura e, quanto mais avança, menos chances de respostas lhe são oferecidas. "Tudo era confuso e só se exprimia bem na palavra '*liberdade*'." Contudo, nem a liberdade basta. Liberdade para quê? A pergunta a respeito do sentido continua.

Ao ver que em sua vida de moça "nada acontece", ela decide procurar uma conselheira. Espera por respostas – que a terapeuta, na verdade, não lhe pode dar –, por decifrações, mas tudo o que terá, sempre, será o silêncio. Aos poucos, Tuda – como a conhecem – percebe que a doutora está tão cansada e desnorteada quanto ela. São duas mulheres, uma jovem, a outra madura, em busca do mesmo tesouro perdido. O mais grave e doloroso: aos poucos, ela percebe que é mais forte que a conselheira. "Libertar era uma palavra intensa, cheia de mistérios e dores."

Quanto mais avança – como nós, leitores, quando nos embrenhamos pelos relatos de Clarice Lispector –, em vez de claridade, encontra o caminho ainda mais turvo. A vida é vaga e imprecisa. Nós é que, cheios de ilusões, insistimos em pisar a terra firme. Não passamos de ilhas – estamos isolados uns dos outros. Afinal, e apesar de seus esforços, tudo o que a doutora pode oferecer é ainda muito pouco, e talvez não lhe sirva de nada, ou quase nada. A decepção toma conta de Tuda. A desilusão é uma ferida, a partir da qual ela terá que construir, como puder e por conta própria, sua existência. Ao fim, a doutora será descartada e, logo depois, já não pensará mais nela.

Todos guardamos segredos que não podem ser compartilhados, conclui Tuda. Mas é justamente graças a esses segredos que, por mais que nos sintamos perdidos, não podemos jamais nos perder de nós mesmos. Ninguém, por mais desorientado que esteja, se perde de si. É só seguir e confiar. Também a escrita de Clarice, torta e turbulenta, nos arrasta por sendas sem sentido que, logo entendemos, não levam a lugar algum. Levam só ao núcleo mais íntimo de quem as lê. E isso, que parece não bastar, no entanto precisa bastar. É nesse desvão, debruçada sobre essa fissura que ela cava com perícia e paciência o espírito de cada leitor. É nessa escavação sem fim que Clarice Lispector se torna uma grande escritora.

Saímos dos relatos de Clarice, nós também, com o corpo coberto de feridas. Feridas abertas, lancinantes, tão purulentas quanto à do mendigo de Copacabana. Chagas que, no entanto, se oferecem como uma via de acesso ao alimento das palavras. Corpos fechados são imunes à narração. Centrados em si mesmos, não se abrem para o real. É preciso estar dividido e ferido para que um ou mais relatos – os contos magníficos de Clarice – nos afetem. Desde seus primeiros escritos, do início dos anos 1940, essa verdade se impõe. Ao lê-los, entramos em curto-circuito: as palavras nos conduzem sempre aos mesmos impasses. Há um choque, um abalo contínuo. Não é fácil ler Clarice Lispector.

No fim de "Gertrudes pede um conselho", Tuda descobre que não precisa de ninguém, que se basta. Chega, enfim, à solidão – em que já estava todo o tempo, mas que denegava. E que tentava preencher com a ilusão do amor. Mesma luta da protagonista de "Obsessão". Cristina relata sua busca da verdade. "Não tentarei fazer-me perdoar. Tentarei não acusar. Aconteceu simplesmente." Desde os 19 anos, sua vida oscila entre dois amores. Entre Jaime e Daniel, ela procura o caminho verdadeiro, que a salve de si. O conto é o relato de uma educação sentimental. Em suas idas e vindas amorosas, Cristina desperta. A memória, contudo, é um terreno turbulento. Também ao rememorar, ela vacila e erra. Aos poucos compreende que a verdade é inatingível, tudo o que temos é o caminho para a verdade. Um caminho que incomoda e dói. Que lateja e choca.

Em nome do amor, submete-se. "Eu me tornara necessária ao tirano." Também o tirano é prisioneiro de quem a ele se submete. Laços sempre prendem. E, no entanto, são eles que nos sustentam. Revoltada, Cristina caminha lentamente para a intolerância e para o ódio. Mas, depois do ódio, vem o cansaço. Só então percebe que tanto ela quanto seu tirano estão encarcerados na cela do amor. Mais uma vez, o longo caminho desemboca na descoberta da solidão. A solidão como destino. Como saída. Como verdade.

Ao chegar à solidão, nos vemos frente a frente com o enigma. É o que Clarice descreve no misterioso "O delírio". "Abre os olhos. A primeira coisa que vê é um pedaço de madeira branca." Ao acordar, ou acreditar que acorda, a protagonista se vê diante de um mundo enigmático. Nada é muito claro. A realidade perdeu a firmeza – o branco assinala sua dissolução. Nada pode ser explicado com segurança. Tudo é estranho e turvo. E, no entanto, eis o mundo. Ele é assim, e ela precisa se acostumar. É quando percebe que a realidade nos escapa, que nada é seguro e constante, que a personagem de Clarice começa a viver. E que vida!

Em "Um dia a menos", um dos dois inéditos de 1977 que fecham o livro, Clarice descreve a vida de uma mulher em sua "rotina feminina".

As horas se sucedem, tudo é previsível e seguro, nada realmente a afeta. Até que um pensamento vem perturbar sua paz de mulher bem casada. "Lembrou-se a troco de nada que havia milhões de pessoas com fome, na sua terra e nas outras terras. Iria sentir um mal-estar todas as vezes em que comesse." O pensamento é perigoso. É sua ação repentina que instaura a indisposição e a náusea.

A essa altura, no mesmo ano de sua morte, em 9 de dezembro de 1977, de um câncer no ovário detectado tarde demais, Clarice tinha acabado de publicar *A hora da estrela*, seu romance mais aferrado ao real. Nele, a experiência da fome atravessa toda a narrativa. Não só a fome de comida, mas também a de palavras. Pensando bem, e se a observamos desde *Perto do coração selvagem*, romance de estreia, de 1943, é sempre a fome – a carência, a falta, a indigência, ou que outro nome se queira lhe dar – que a alimenta. Essa urgência da fome chega a seu momento mais radical em 1964 quando, em *A paixão segundo G.H.*, a protagonista, retida em uma fome tão extrema, decide levar à boca uma barata. Fome, enfim, do real. Fome de vida que, suja e asquerosa, ainda assim, a barata representa. Fome grande demais que nada irá saciar. Viver, Clarice nos leva a pensar, é sustentar nossas feridas até o fim.

A busca que devora: reflexões sobre dois contos de Clarice Lispector
Faustino Teixeira

Estar diante da narrativa de Clarice Lispector é algo que provoca inquietação e busca. O seu texto não nos deixa impunes e indiferentes, mas aciona energias vitais e um elã diferencial na dinâmica existencial. Como indica Beatriz Damasceno ao abordar a relação de Clarice com Lúcio Cardoso, a narrativa clariceana "incendeia, queima, devora, esburaca, faísca, arrola. Seu texto tem luzes, incêndio, fogo".[1] O amigo Lúcio Cardoso, por sua proximidade com a escritora, consegue captar a medula da questão. Reconhece que as luzes que reverberam da narrativa da amiga são "de um incêndio que está sendo continuamente elaborado por trás de sua contenção".[2] Clarice é alguém que provoca a reverberação das entranhas. A experiência de lê-la é única, pois acontece queimando o mundo interior, suscitando o descontentamento com o caminho conhecido e tradicional. É uma literatura que

---

[1] DAMASCENO, Beatriz. "Clarice Lispector e Lúcio Cardoso. Para além da paixão". In: DINIZ, Júlio (Org.). *Quanto ao futuro, Clarice*. Rio de Janeiro: Bazar do Tempo/Editora PUC-Rio, 2021, p. 78.

[2] Ibidem, p. 78.

traz em seu bojo um segredo e um mistério, que dificilmente será desvelado pelo leitor. Permanece a indagação e o desafio de um caminho alternativo. A grande mecânica de sua redação, o filão singular de sua escrita vem marcado pelo toque da surpresa. É uma autora que tem o dom de contagiar o leitor pela carga magnética de suas indagações. O mundo de Clarice não é incolor, mas erotizado. Sua narrativa "pulsa de corpo inteiro". O seu mundo "é carregado de cheiros, frutas podres e adocicadas, carne crua e sangrenta, cheiro de cal, de maresia, de guardados, de estrebaria, de vacas, de leite e sangue (...). De musicalidade que ecoa e vibra suas dissonâncias ao som agudo da flauta e do violino plangente".[3]

Não é tarefa simples encontrar o fio de sintonia com Clarice Lispector, que está sempre em expectativa e sedenta. Ela se confunde com seus personagens, que partilham de semelhante sentimento. Para adentrar-se em seu mundo enigmático é necessário "a inquietude, o atentar para avisos e sutilezas" e, sobretudo, uma "grande paixão pelo viver, pelo pensar, pelo sentir".[4] O que mais cativa em Clarice é sua preocupação contínua em manter-se vinculada ao mundo do cotidiano, dos pequenos sinais do dia a dia, sempre atenta aos mínimos detalhes, que escapam ao olhar disperso. É uma leitura que convoca atenção peculiar. Não há como se abeirar ao texto ou à vertigem de sua narrativa, senão pelo caminho de uma aproximação vital, "com as entranhas ou com a ponta dos dedos". Não há nada ali de abstração ou elucubração mental, pois traz no seu mundo o nosso mundo, com suas dores e esperanças, dissabores e alegrias. Ela mesma reconhece que sua escrita é "simples". É alguém que "vê como quem vive, antes de saber, o segredo dos seres". Como apontou Carlos Mendes de Sousa, em preciosa obra, o mundo de Clarice "é o nosso mundo, de seres viventes, sucessivos em dores e alegrias. O visível e o invisível dos cotidianos acasos sensíveis, manso turbilhão ou voo infinito".[5]

---

3 WALDMAN, Berta. *Clarice Lispector*. A paixão segundo C.L. 2 ed. São Paulo: Editora Escuta, 1992, p. 106.

4 SANTOS, Roberto Corrêa dos. Nota de trabalho. In: ____. (Org.). *As palavras de Clarice Lispector*. Rio de Janeiro: Rocco, 2013, p. 303.

5 SOUSA, Carlos Mende de. *Figuras da escrita*. Rio de Janeiro: Instituto Moreira Salles, 2011, p. 6.

Não precisamos sair de casa para entender Clarice Lispector. Sua narrativa não é exógena, mas diz respeito ao nosso mundo interior: "Lemos o texto como se estivéssemos lá dentro." Suas imagens diletas remetem ao nosso mundo circundante, com seus bichos e paisagens, seus aromas e demais sentidos. Sua obra incomoda sempre, pois traz consigo a indagação, o espanto e a perplexidade. Traz igualmente uma precisão única, que encanta os leitores e críticos. Em carta de Clarice a Fernando Sabino, em outubro de 1953, ela relatou que seu aprendizado está vinculado a uma "vida diária pequena", onde ousa se arriscar sempre profundamente.[6]

Um dos primeiros autores a perceber a riqueza da narrativa de Clarice foi Antonio Candido. O sociólogo foi perspicaz ao captar em momento nascedouro o "desvio criador" da escritora domiciliada no Rio de Janeiro. Reconheceu com clareza o traço de singularidade da narrativa de Clarice, que traz o mundo em sua construção verbal. Vislumbrou com antecedência os passos singulares do ritmo de procura e penetração que marcam sua narrativa. Para ele, a autora é alguém que "aceita a provocação das coisas" e "procura criar um mundo partindo de suas próprias emoções, da sua própria capacidade de interpretação".[7] Clarice, como uma de suas personagens, a Joana de *Perto do coração selvagem*, é alguém que se esfola para conseguir dar cabo das dificuldades da vida e gritar de peito aberto que pode tudo.[8] Alguém que, andando "sobre trilhos invisíveis", reconhece que a liberdade ainda é pouco, diante de um desejo que não tem nome.[9]

PELOS CAMINHOS DA PERPLEXIDADE

Apesar de todos seus titubeios e inquietações, de sua perplexidade diante do enigma da vida, das ambiguidades que marcam o caminhar humano, Clarice tinha uma preocupação consigo mesma. O cuidado com sua

---

6 SABINO, Fernando; LISPECTOR, Clarice. *Cartas perto do coração*. Rio de Janeiro: Record, 2011, p. 104.
7 CANDIDO, Antonio. "No começo era de fato o verbo". In: NUNES, Benedito. *O pensamento poético*. Rio de Janeiro: Beco do Azougue, 2011.
8 LISPECTOR, Clarice. *Perto do coração selvagem*. Rio de Janeiro: Rocco, 2019, p. 48.
9 Ibidem, p. 67.

integridade pessoal era uma marca de sua trajetória. Era tomada pelo esmero em garantir sua dignidade interior. Podemos vislumbrar isso em singular carta que escreveu para a sua irmã, Tania Kaufmann, em janeiro de 1948, quando ainda estava em Berna, na Suíça. Ponderava com sua irmã sobre a preciosidade da vida de cada um, e da importância em levar o caminho existencial com altivez e cuidado, sem deixar escapar em momento algum o elã vital. Reconhecia que ninguém tem o direito de desistir de si mesmo, e que o primeiro dever de cada um é lidar com carinho com o cuidado de si mesmo. Dizia também que mesmo cortar os defeitos pessoais podia ser algo perigoso, pois em algum deles o próprio edifício da existência podia encontrar o seu amparo. Evoca a poderosa imagem de um touro que pode se ver empobrecido quando castrado, transformando-se num mero boi. Reforça para a irmã essa posição com exemplos tomados de sua própria vida, que em casos concretos foi provocada a se adaptar ao ritmo tradicional, àquilo que era inadaptável e que contrariava seus sonhos mais fundamentais. Teve que desatar com coragem certos grilhões que impediam o seu voo, cortando na raiz "a força que poderia fazer mal aos outros" e a si mesma. O temor de romper com o sistema instituído é um dado concreto, admite Clarice, mas abandonar a ousadia de querer mais pode resultar num fracasso vital ainda maior, fazendo com que a pessoa perca o respeito por si mesma e se transforme num trapo.[10]

OS TRAÇOS DOS PRIMEIROS CONTOS

A decisão de ser escritora é bastante precoce em Clarice Lispector. Desde os 13 anos essa vocação já despontava, por influxo de leituras importantes como *O lobo da estepe*, de Hermann Hesse.[11] Numa adolescência marcada pelas dúvidas e perplexidade, Clarice já se tocava pelas grandes perguntas em torno do mundo e do cotidiano. Outra influência impor-

---

10 LISPECTOR, Clarice. *Correspondências*. Rio de Janeiro: Rocco, 2002, p. 164-165.
11 MOSER, Benjamin. *Clarice,*. São Paulo: Cosac Naify, 2009, p. 141; LISPECTOR, Clarice. *Outros escritos*. Rio de Janeiro: Rocco, 2005, p. 145 (depoimento no Museu da Imagem e do Som, em 20 de outubro de 1976).

tante foi a da escritora Katherine Mansfield, com quem identificou-se profundamente. A leitura da obra *Felicidade e outras histórias*[12] foi marcante em sua vida. Foi uma leitura posterior, dos anos 1940, mas que firmou em Clarice a decisão em favor da literatura.

O primeiro conto de Clarice, "Triunfo", foi publicado na revista *Pan*, no final de maio de 1940. A jovem escritora tinha então apenas 19 anos. Foi a partir desse momento que ela foi revelando o seu grande dom para os contos e romances. Aquele foi um ano de impacto para a escritora. Foi quando perdeu o seu pai, em agosto, e mudou-se para a casa da irmã Tsnia no Catete (Rio de Janeiro). É o mesmo ano em que se apaixona por Lúcio Cardoso, que exerceu também sobre ela um impacto fundamental. Para Clarice, Lúcio Cardoso era um "corcel de fogo", e com ele partilhou momentos de profundo mergulho na vida interior. Para os dois, a vida "era vivida na intensidade, mergulhavam fundo, olhavam e perscrutavam o interior, buscavam extremos".[13]

Nos anos de 1940 e 1941 nascem grande parte dos contos que vão compor o livro póstumo *A bela e a fera*, de 1979. Somente dois dos contos do livro foram escritos mais tarde. São os dois últimos contos do índice: "Um dia a menos" e "A bela e a fera ou A ferida grande demais". Parte desses contos, que foram publicados em periódicos onde Clarice trabalhava, apresentavam o "tom leve e descompromissado da crônica".[14]

Os contos de Clarice têm uma familiaridade com os romances. Enquanto o romance envolve uma maior "amplitude geográfica", o conto exige muito do escritor, na medida em que seu formato é curto e indica apenas um "esboço que amarra situações, flashes, momentos singulares", que no romance podem ganhar uma maior expansão.[15] É algo que convoca a criatividade, o poder de síntese e a arte do escritor. Em sua obra *Teoria*

---

12 MANSFIELD, Katherine. *Felicidade e outras histórias*. São Paulo: La Fonte, 2020.
13 DAMASCENO, Beatriz. "Clarice Lispector e Lúcio Cardoso. Para além da paixão". In: DINIZ, Júlio (Org.). *Quanto ao futuro, Clarice*, p. 77.
14 GOTLIB, Nádia Battella. *Clarice, uma vida que se conta*. 7 ed. São Paulo: Edusp, 2013, p. 177.
15 WALDMAN, Berta. *Clarice Lispector*, p. 105-106.

do conto, Nádia Gotlib sublinha que o conto "não tem compromisso com o evento real. Nele, realidade e ficção não têm limites precisos". Não é fácil escrever um conto. Ele pressupõe do autor o traquejo de uma "alquimia secreta" capaz de fisgar o leitor e encantá-lo.[16]

Clarice foi uma grande mestra na arte dos contos, e há quem acredite que ali se encontre o que há de melhor em sua produção literária.[17] A consideração pelo talento de Clarice nesse âmbito é atestada por escritores importantes como Erico Verissimo, Rubem Braga e Fernando Sabino, dentre outros. Os temas dos contos não nasciam assim indiscriminadamente, mas emergiam como irresistíveis. Era algo que se impunha a ela, como dadivoso. Quanto ao método, ela recorda que foi descobrindo aos poucos e sozinha. Tinha por hábito tomar nota de tudo o que via ao redor e tocava sua sensibilidade. Tinha o costume de recolher o que emergia na superfície: "Não fazer esforço para pensar, mas anotar logo cada pensamento que se oferece." As notas se acumulavam, e depois ganhavam os passos de ligação.[18] Assim também nasceu o primeiro romance, *Perto do coração selvagem*, em dezembro de 1943.

Há algo de "perverso" nos contos de Clarice Lispector, como indicou Leyla Perrone-Moisés. Com recurso de sua arte, a autora tem o dom de "colocar as personagens (e o leitor) num estado de mal-estar decorrente da ignorância de uma explicação lógica. Entretanto, no fim dos contos fantásticos, o pesadelo termina: quer a personagem morra, quer escape, a história acabe".[19] Não há nada de extraordinário nos contos da escritora, e isto é talvez o que mais incomoda os leitores. São histórias aterradoramente comuns, que desvelam traços reais que habitam o cotidiano das pessoas, e que muitas vezes elas não querem se dar conta, mantendo a vida apa-

---

16 GOTLIB, Nádia Battella. *Teoria do conto*. 8 ed. São Paulo: Ática, p. 12 e 66.
17 ROSENBAUM, Yudith. *Clarice Lispector*. São Paulo: Publifolha, 2002, p. 64.
18 LISPECTOR, Clarice. *Outros escritos*, p. 143; VARIN, Claire. *Línguas de fogo*. Ensaio sobre Clarice Lispector. São Paulo: Limiar, 2002, p. 93; SOUSA, Carlos Mende de. *Figuras da escrita*, p. 38.
19 PERRONE-MOISÉS, Leyla. *Flores da escrivaninha*. Ensaios. São Paulo: Companhia das Letras, 1990, p. 168.

ziguada. Clarice está sempre aberta para ser tomada pela surpresa das coisas. Ela "aceita a provocação das coisas à sua sensibilidade e procura criar um mundo partindo das suas próprias emoções, da sua própria capacidade de interpretação". O que visa, em síntese, é a busca do sentido da vida, da penetração do mistério do humano.[20]

Outro dado importante na avaliação dos primeiros contos de Clarice é que neles já se encontram de forma embrionária os temas e questões que serão vinculantes em toda a obra da escritora. Os contos contidos em *A bela e a fera* já descortinam os "procedimentos obsessivos na narrativa de Clarice". A escrita brota "de uma certa inquietação, explode subvertendo valores convencionais, com vista a buscar um novo sentido".[21]

A CRISE CONJUGAL NOS CONTOS: "A FUGA" E "OBSESSÃO"

O interesse pelo universo feminino é um traço que acompanha toda a obra de Clarice Lispector,[22] já estando presente nos primeiros contos que publicou. É o caso, por exemplo, de "Triunfo", que aborda o tema da relação conjugal, e em particular do drama de uma mulher que é abandonada pelo marido. Trata-se de Luísa, que se descobre imóvel na cama, sendo despertada pelo relógio no início da manhã. Está sozinha. No sombrio ambiente da casa, vê aos poucos o dia penetrando seu corpo. A casa está agora desprovida dos ruídos familiares rotineiros, e Luísa encontra-se diante de um doloroso silêncio. Na peculiar aragem de junho, ela se vê envolvida por um vácuo que lhe toma a cabeça e o peito. A realidade que fala agora é a de "Ele foi embora". A saída dele de sua vida não descoloriu de encanto as coisas ao seu redor. É quando então é resgatada pelo banho reparador com a água gelada. A água, que está sempre presente na narrativa de Clarice, ganha um lugar singular de ressurgência. Como

---

20 CANDIDO, Antonio. "No raiar de Clarice Lispector". In ___. *Vários escritos*. São Paulo: Duas Cidades, 1970. Na terceira edição do livro, o texto de Clarice deu lugar a outro: *Os ultramarinos*.
21 GOTLIB, Nádia Battella. *Clarice, uma vida que se conta*, p. 183-184.
22 WALDMAN, Berta. *Clarice Lispector*, p. 107.

desdobramento do banho, a presença de um sorriso e a convicção firme de que tudo passaria e ele voltaria. E voltaria porque "ela era mais forte".[23]

O drama feminino ocorre muitas vezes dentro de casa, no ambiente do lar, que é quebrado por uma tensão conjugal. Como um traço comum na narrativa de Clarice, ao passo de uma violência represada de sentimentos primários, se dá uma "explosão". Abre-se um canal de fúria e silêncio no coração de alguém que se viu "neutralizada pela vida diária". E com a violência, o grito que assinala um novo interesse pela existência.[24]

Mas nem sempre se dá a coragem necessária para recompor a vida concreta. Os caminhos de abertura não se processam no mundo exterior, mas no âmbito da interioridade, como no clássico conto "Amor", de *Laços de família*. A experiência epifânica de Ana no Jardim Botânico, depois do impacto diante do cego que mascava chicles, não provoca uma mudança visível, mas subterrânea. Ana retorna à sua casa, sendo acolhida pelo marido e os filhos, mesmo sabendo que "alguma coisa tranquila se rebentara". Com o apoio das mãos do marido, volta para seu quarto. Ele a protege de qualquer possibilidade de um novo olhar, "afastando-a do perigo de viver". Como apontou Yudith Rosenbaum, "o marido de Ana exerce o papel contrário ao do cego, protegendo-a da violência aterrorizadora e extasiante da vida recém-descoberta".[25] Ana estava agora resguardada do atravessamento do amor e, diante do espelho, acompanha a dissolução de um mundo que num instante se abriu, e depois aquietou-se.[26]

Com a concentração agora voltada para a obra *A bela e a fera*, temos dois contos que abordam igualmente uma tensão conjugal. Em primeiro lugar, "A fuga", de 1940. O cenário é também o de uma separação de casal. A personagem central toma a decisão de seguir outro caminho, depois de uma relação desgastada. Acendia nela, num raro momento, a consciência real de seu parceiro na relação. O seu marido tinha uma propriedade singular, sua simples presença obstruía qualquer movimento de opção ou liberdade.

---

23 LISPECTOR, Clarice. *Todos os contos*. Rio de Janeiro: Rocco, 2016, p. 32.
24 WALDMAN, Berta. *Clarice Lispector*, p. 118.
25 ROSENBAUM, Yudith. *Clarice Lispector*, p. 69.
26 LISPECTOR, Clarice. *Todos os contos*, p. 155.

Depois de 12 anos de casada decide fugir, sem, porém, saber ao certo o caminho à frente. Ela se dá conta de que agora, no breve tempo de sua fuga, não é mais a mulher casada, mas simplesmente a mulher.[27] Diante de uma vida opaca, busca o resgate da interioridade por apenas "três horas de liberdade". Foi uma decisão difícil, mas que mostrou o cansaço diante da representação cotidiana e banal de uma vida desbotada. Seu mundo, porém, não estava habitado só pelo alívio e pela alegria temporária daquele momento de audácia, mas o medo também estava ali por perto. Tudo parecia renascer com sua decisão, e ao caminhar em direção ao mar, apoiada na murada, demorou-se na contemplação do mar imenso: "Bastava olhar demoradamente para dentro d'água e pensar que aquele mundo não tinha fim. Era como se estivesse se afogando e nunca encontrasse o fundo do mar com os pés."[28] Não era assim algo simples experimentar o sabor da liberdade, com todo o peso de 12 anos de vida em comum. Como bem sublinha a narradora, "os desejos são fantasmas que se diluem mal se acende a lâmpada do bom senso".[29]

Na verdade, faltavam-lhe as condições necessárias para dar o salto derradeiro, sobretudo com o peso de uma rotina pesada de vida. Eram residuais as frestas de fuga. Diante de tanta carência e neblina, não restava senão o caminho de volta. Essa era a dura verdade. E a personagem reflete: "Doze anos pesam como quilos de chumbo e os dias se fecham em torno do corpo da gente e apertam cada vez mais." A coragem ficou pelo caminho. O destino estava selado no pijama de flanela azul que ela vestiu antes de apagar a luz e tentar dormir. Não havia saída. Já na cama, por um tempo, ainda permaneceu com os olhos abertos, mas depois ajeitou-se nela, enxugou as lágrimas, deixando-se embalar pelo silêncio da noite.

Esse é o grande traço da narrativa de Clarice, pontuado sempre pelo "espanto e precisão". Não há nenhum enfeite ou respiro na faísca de sua pena.

---

27 Ibidem, p. 90.
28 Ibidem, p. 89.
29 Ibidem, p. 90. Na visão de Yudith Rosenbaum, esse será um *leitmotiv* presente nas narrativas de Clarice: Id. Clarice Lispector, p. 18.

O que presenciamos são entranhas vivas sendo apresentadas sem alívio. Tudo muito simples e muito claro, com uma precisa observação do mundo familiar predominante. É verdade que a narradora aponta uma possível mudança, mas esta vem afogadas na vida domesticada. Em comentário sagaz sobre o conto, Artur Xexéo revela que a personagem prefere retornar ao "casamento sem graça". Agora, ela deixa de ser mulher e volta a ser a mulher casada.[30] Por trás da personagem percebemos a escritora Clarice, ainda jovem, movida por perplexidade, insegurança e muitas inquietações.

Com "A fuga" inaugura-se um ciclo de narrativas que terá como matéria comum mulheres inconformadas ou solitárias, afogadas num cotidiano aterrador, incapazes de avançar para além das aparências ou do lugar que lhes foi atribuído na sociedade da primeira metade do século XX.

Em outubro de 1941, Clarice retoma o tema da relação amorosa no conto "Obsessão". A narração permanece pontuada pela atmosfera angustiante de outros contos da escritora. Temos agora a personagem Cristina envolvida num triângulo amoroso que inclui o seu marido Jorge e o outro, Daniel, que vai instaurar o questionamento de seu mundo ordenado. O sociólogo Peter Berger sublinha em seu clássico livro *A construção social da realidade*: "Enquanto meu conhecimento funciona satisfatoriamente em geral estou disposto a suspender qualquer dúvida a respeito dele".[31] No caso do conto em questão, Daniel é aquele que instaura a dúvida desestabilizadora.

Cristina vivia uma sossegada relação amorosa com Jaime, com quem partilhava seis anos de vida, sem filhos. Ela o considerava, na verdade, como um prolongamento de seu pai. Viviam felizes, pelo menos era assim que parecia. De vez em quando vinha tomada por uma melancolia sem razão, que emudecia o seu rosto. Quando isso ocorria buscava afastar a ideia, como a um sentimento inútil. Em sua racionalização, tudo não passava de "coisas da vida".[32] Em seu raio de visão não era capaz de perceber, por trás

---

30 LISPECTOR, Clarice. *Clarice na cabeceira – Contos*. Rio de Janeiro: Lendo & Aprendendo, 2012, p. 39 (*A fuga* – Apresentação de Artur Xexéo).
31 BERGER, Peter. *A construção social da realidade*. Petrópolis: Vozes, 1973, p. 65.
32 LISPECTOR, Clarice. *Todos os contos*, p. 34.

das aparências, o perfil real de seu marido. Não se dava conta de que "na zona escura de cada homem, mesmo dos pacíficos" podia se aninhar "a ameaça de outros homens, mais terríveis e dolorosos".[33] Freud já tinha nos advertido, em *O mal-estar da civilização*, sobre isso, ou seja, sobre a "cota de agressividade" que envolve os homens tidos como gentis.

O encontro com Daniel[34] foi favorecido por uma viagem de Cristina a Belo Horizonte, local escolhido para uma convalescência de febre tifoide que contraíra e quase a levou à morte. Daniel estava hospedado na pensão onde ela também estava alojada. Estavam dadas as condições para a transformação. O temor de Cristina se presenciava: "Daniel era o perigo. E para ele eu caminhava." Foi o que ela confirmou. Anunciava-se com Daniel uma nota dissonante, ainda que "misteriosamente melódica", e essa nota anunciava para ela outras "verdades desconhecidas".[35] Estava dada a possibilidade para um novo despertar para o mundo. Porém, Daniel vai revelar depois para ela uma faceta diversa e estranha. Mesmo favorecendo a vibração de alma, Daniel não anunciava um futuro alvissareiro. E ela refletiu sobre isso: "Horrorizava-me o mundo novo que a voz persuasiva de Daniel fazia-me vislumbrar."[36] Uma nova circunstância fez Cristina retornar ao Rio, e assim vive em proximidade com Jorge. Apesar da opacidade daquelas "amenas tardes em família", o outro sonho capaz de proporcionar o clima de alegria almejado não se realizou. O sonho de uma vida mais profunda, capaz de provocar a vibração do corpo, foi aos poucos se desmaterializando. Ela acaba voltando para Jorge que, ao final, buscava a paz. Os dois regressaram à vida anterior, mas alguma coisa ocorreu, tornando diversa a relação. Não se deu mais a aproximação afetiva, e Cristina permaneceu sozinha como sempre.

Nos dois contos apresentados, deparamo-nos com a realidade nua e crua da pequenez que o mundo cotidiano pode significar quando está carente

---

33 Ibidem, p. 35.
34 No segundo romance de Clarice Lispector, *O lustre*, reaparecerá o personagem Daniel, que, segundo determinados críticos, aventa a presença de Lúcio Cardoso: MOSER, Benjamin. *Clarice*, p. 159.
35 LISPECTOR, Clarice. *Todos os contos*, p. 40.
36 Ibidem, p. 47.

do verdadeiro amor. Como apontou Benjamin Moser, "as quarenta páginas de 'Obsessão' introduzem muitos dos temas que os escritos subsequentes de Clarice iriam desenvolver".[37] Os dois contos tratam dos caminhos e descaminhos da vida convencional humana, que coexistem; de um itinerário que vem acordado pela "assustada consciência de que um abraço pleno da vida irracional, 'animal', envolve, e até convida, a uma descida à loucura".[38] Os leitores de Clarice são os primeiros a perceber que sua reflexão anda sempre "à beira", esbarrando em limites que são realmente ousados e mesmo perigosos. O amigo Fernando Sabino, em carta dirigida à autora em 6 de julho de 1946, reconhecia que Clarice tinha avançado na frente de todos, e que seu risco maior era "cair do outro lado".[39] Recomendava à amiga o desafio de equilibrar-se até o final, olhando sempre com atenção a distância do arame a ser percorrido na travessia. Também leitores como Caetano Veloso e Marina Colasanti vislumbraram em textos de Clarice, como no conto "A imitação da rosa", algo desequilibrador. Em comentário sobre esse conto, Marina relembra que, ao acompanhar a personagem Laura em seu ingresso no mundo das rosas, vislumbrou a loucura.[40]

Em todo seu caminho reflexivo, Clarice não busca senão o mistério da coisa, do *It*, do centro da coisa, do animal selvagem, como indicou Luiz Costa Lima. Na narrativa de Clarice, o tradicional caminho de conforto vivido por seus personagens é quebrado, de súbito, por uma "fresta inesperada", que irrompe com vigor na existência dos personagens, anunciando a possibilidade de algo inédito, de uma sensação diversa, arrebatadora.[41] É algo que traduz igualmente um traço "perigoso", que pode mudar o rumo da vida. Mas não é assim que normalmente ocorre no mundo real, e mesmo na ficção.

---

37 MOSER, Benjamin. *Clarice*, p. 160.
38 Ibidem, p. 162.
39 SABINO, Fernando; LISPECTOR, Clarice. *Cartas perto do coração*, p. 27.
40 LISPECTOR, Clarice. *Clarice na cabeceira*, p. 211 (apresentação do conto "A imitação da rosa", por Marina Colasanti). Ver também: VELOSO, Caetano. *Verdade Tropical*. 3 ed. São Paulo: Companhia das Letras, 2017, p. 272.
41 COSTA LIMA, Luiz. *Por que literatura*. Petrópolis: Vozes, 1969, p. 98.

Clarice, desconcertante e parceira
Bernardo Ajzenberg

Os livros de Clarice Lispector sempre foram e continuam a ser uma referência nas minhas incursões pelo mundo da ficção. O que me prende à autora é sua capacidade – que parece brotar de forma espontânea – de se soltar livremente, de mergulhar sem amarras nem pudores nas profundezas muitas vezes torturantes da mente de seus personagens. De construir devaneios, costurar enredos insólitos que combinam a perfeição com as imperfeições humanas, de retratar, sem quaisquer preocupações de coerência narrativa formalizada, a leviandade, a hipocrisia e as culpas – às vezes mais, às vezes menos – visíveis de uma certa classe média, mas também de trazer à tona os sofrimentos e sonhos irrealizáveis de figuras muito simples, atordoadas por suas parcas expectativas diante de existências desnutridas, oprimidas por uma sociedade que, definitivamente, não lhes confere esperanças realistas.

Mas nada disso é construído a partir de roteiros de cunho deliberadamente político, com tonalidades de ativismo ou militantismo. O que me atrai, como escritor, em Clarice é justamente o contrário: a realização de um projeto de permanente esmiuçamento da psiquê humana a partir de elementos banais da vida cotidiana. E se os problemas sociais, com suas injustiças e desigualdades gritantes, são expostos ou até mesmo ressaltados em vários momentos de sua obra, não se trata de uma denúncia que faria da arte apenas um suporte para o protesto ou para o discurso em estilo engajado – de resto, justo em si –, mas sim como algo natural, embrenhado como plantas ou árvores cujos ramos e galhos se cruzam e se prendem uns ao outros nas matas ou nas florestas.

A mente humana – dos menores e comezinhos eventos do dia a dia às reflexões mais refinadas de caráter filosófico e existencial – é esquadrinhada por Clarice como um vasto recipiente no qual ingredientes ainda vivos se fundem para sutil e deliciosamente provocar no leitor interrogações gestadas pela predominância do cinza, não do branco nem do preto. Daí, também, o seu caráter universal, mesmo que suas histórias tenham como cenário frequentemente o Rio de Janeiro, onde viveu a maior parte de seus anos, ou o Nordeste, onde a autora passou a infância.

Qual escritor deixaria de almejar esse alcance?

Este *A bela e a fera* é, visivelmente, uma obra de juventude. Não só por seus contos terem sido criados de fato por Clarice em torno dos vinte anos, mas também porque, à sua leitura, não é difícil captar que muitos de seus temas e preocupações estéticas seriam posteriormente bem mais aprofundados e expandidos pelas grandes obras publicadas nas décadas seguintes. O que mais me chama a atenção, no entanto, é como Clarice já estava desde então à frente e de certa forma "fora" de seu tempo no contexto do que se produzia na literatura brasileira – e também além dela – nos anos 1940. Pertencentes a uma classe média ou alta, e com faixas etárias diferentes conforme o conto, as protagonistas de suas histórias vivenciam crises existenciais relacionadas a seus papéis sociais, a sua submissão – involuntária ou não – a homens vistos por elas mesmas como superiores ou intocáveis, mas cheias de questionamentos, inclusive sobre si mesmas, e desejos reprimidos; mais do que isso, tomam atitudes de libertação subjetiva ou objetiva incomuns para a época e, de certo modo, de caráter visionário. Clarice inaugurava, assim, uma nova forma de expressão do feminino – que depois ganharia inúmeras outras facetas em diversas autoras –, com suas personagens forjando, além disso, muitas vezes às avessas e nem sempre deliberadamente, traços sutis de um feminismo *avant la lettre*.

Quando li *A paixão segundo G.H.* (1964), pouco antes de publicar meu primeiro romance (*Carreiras cortadas*, de 1989), fui abocanhado não só pela estranheza e pela profundidade existencial do que ali se conta, mas principalmente, como escritor, pelas desconstruções sintáticas e pela ousadia estilística, que não tinham nada de artificialismo ou de pirotecnia experimental, mas que se faziam decorrentes e estruturantes – e, portanto, necessárias – do próprio enredo, que vai do espantoso ao grotesco, passando pela autocomiseração e pela radical introspecção da personagem. Vi ali uma exploração da linguagem literária indo até o seu potencial máximo, fruto de criatividade visceral, feita de carne, sangue e osso.

Como não ser tentado a pelo menos tentar atingir esse ponto quando se escreve um romance?

Apesar de *Perto do coração selvagem* ter sido publicado bem antes de *A paixão segundo G.H.*, li-o depois deste. E meu espanto só fez crescer. Trata-se, não mais, de uma obra de juventude, embora Clarice tivesse, então, pouco mais de vinte anos. Vi-me diante de uma obra poderosa e desconcertante, arrojada e insólita, em que os tempos se confundem e os focos narrativos se embaralham, com os acontecimentos desobedecendo a qualquer ordem cronológica, sendo a linguagem, mais uma vez, elemento determinante para a elaboração de um conteúdo – na verdade, conteúdo e forma aqui se fundem magistralmente – que leva quem transcorre suas páginas a viajar em seu próprio labirinto de dúvidas, pequenas alegrias, sofrimento, angústia, revoltas ou triste acomodamento. A estreia de Clarice no romance foi, assim, radical, transgressora, desestabilizadora em relação a tudo que vigorava desde os anos 1930, frequentemente comparada, nesse aspecto, ao impacto da obra de João Guimarães Rosa, que publicou *Sagarana* três anos depois, em 1946.

Assim como na música, é possível traçar uma linha evolutiva da literatura, sem que isso implique qualquer juízo de valor estético. Como se sabe, uma obra escrita em 1646 não é nem pior nem melhor do que uma obra escrita em 1940 ou em 2024, e vice-versa. Ainda assim, mais uma vez como autor, interessado, portanto, na chamada carpintaria da escrita e sem a rigidez de um historiador, de um estudioso ou de um crítico literário, sinto-me impelido a colocar a obra de Clarice Lispector como um ponto situado lá no alto, bem no alto, naquela altura das maravilhas desafiadoras e instigantes que qualquer um que exerça este árduo e nem sempre prazeroso ofício de escrever deveria ao menos conhecer bem. Não há parceira melhor ou mais enriquecedora para o escritor que deseja seguir adiante com os próprios passos. Pois, entre tantas outras consequências positivas e existencialmente imprescindíveis para os leitores, ler Clarice dá muita, muita vontade de escrever, de escrever bem – e de escrever muito.

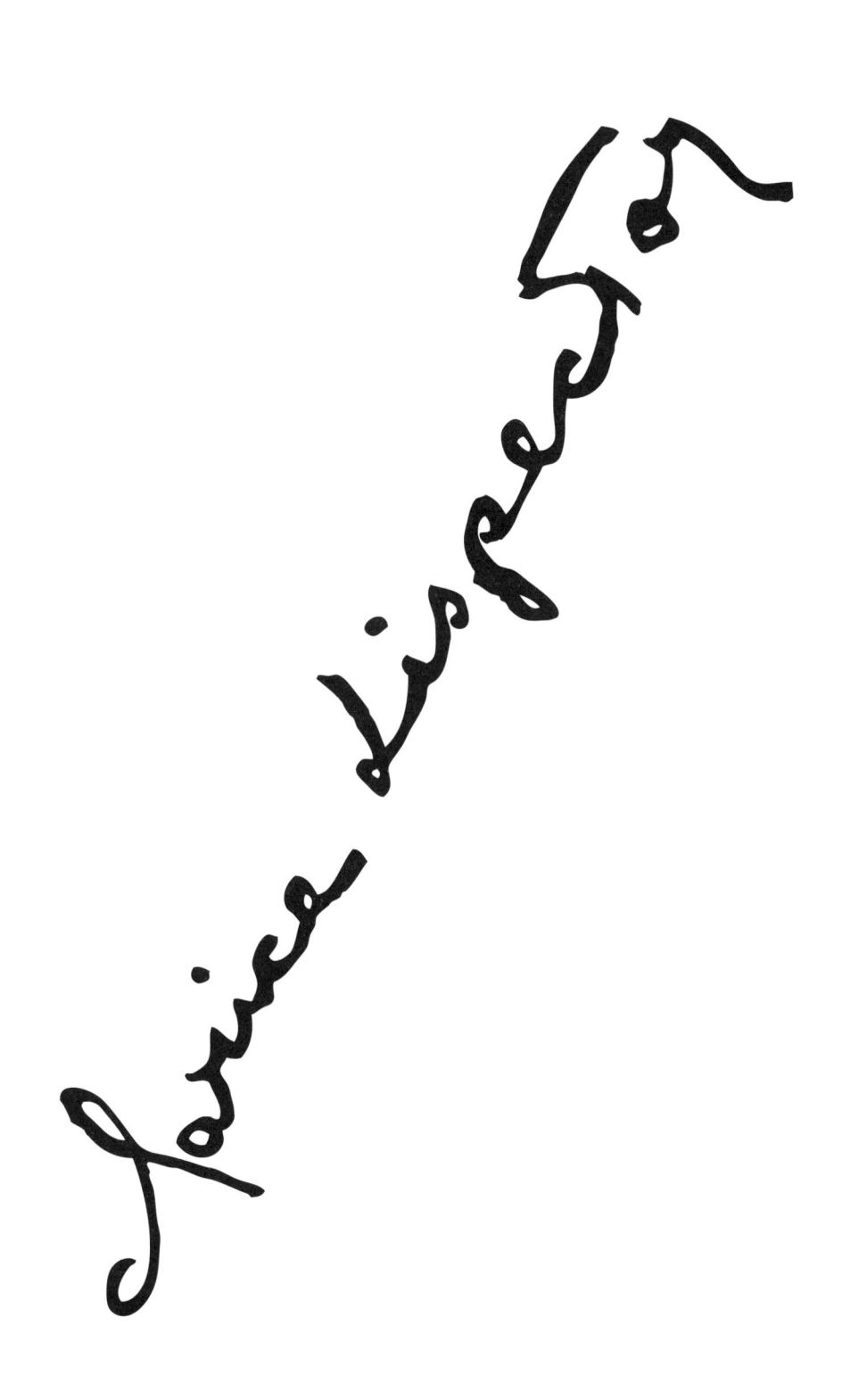

Clarice Lispector

em 1942 escrevi
"Ponto do Coração
Selvagem", publicado
em 1944

~~1940~~

Este livro de contos foi
escrito em 1940
1941

nunca
publicados
(os contos foram arrancados
em 1941 mesmo)

Começa

Bem então saia do sala
de belaza pronta e voltou ao
Copacabana Place-Hotel

Tinha por nome Carla
de Souza e Santos, quatrocentos
anos de carioca; e vivia
nas manadas de mulheres
e homens que, sim que
simplesmente "podiam". Podiam
o quê? Ora, simplesmente
podiam. E andava por
cima, viçosa e boa, pois
que o "podia" deles era
bem oleado nas máquinas
que corriam sem barulho
de metal ferrugento.

✳

"Há coisas que nos igualam,"
pensou profundamente desesperadamente um ponto de igualdade.
Veio de repente a resposta:
eram iguais porque ambos
haviam nascido e ambos
morreriam. Eram, pois, irmãos

no fim tarde ela se
reverdeceria seus
elementos de outono.

não havia dúvida: tudo corria
tão bem, mas tão bem, que até
sentia certo feitio. Quer dizer, ela
nunca história própria, até seu
marido por o seu prumo normal
e dois filhos por causarem
seu dor. E ela de sentido
bonita, quase linda. Ou
tudo normal. Uma [...]
perfeita, que até ensinou
as crianças a falar inglês.
Vagamente se perguntava se
não estava farta. Mas, um
um "pecado" pensar assim. Só que...
bom é que... sei lá?...

    Estava na porta do Copacabana
Palace, do lado que dava para
a rua Barata Ribeiro. A hora
da [...] varia em breve.
Poderia ter marcado de [...]
do lado de [...] Atlântica, [...]
hotel — salas de beleza, [...]
veria o mar, e [...]
seria mais imponente.

Impressão e Acabamento:
GEOGRÁFICA EDITORA LTDA.